ちょんまげ、ばさら

ぽんぽこ もののけ江戸語り

高橋由太

角川文庫 17231

目次

【主な登場人物】

相馬小次郎——口入れ屋を頼り、用心棒などで生計を立てる貧乏浪人。〝ちょんまげ、ちょうだい〟の二ッ名を持つ祖父に剣術を叩き込まれている。

ぽんぽこ——小次郎と一緒に暮らす半妖狸。見た目は絶世の美少女。枯れ葉を頭に乗せて自由自在に化ける。玉子焼きに人生をかけている。

白額虎——唐〈もろこし〉で仙界を二分する大合戦があったときに、道士の一人が乗騎していた虎。小次郎の長屋に居候している。普段は白猫の姿をしている。酒好き。

柳生廉也——柳生十兵衛を父に持ち、先代の風魔小太郎の妹・蓮を母に持つ。小次郎すらしのぐ剣術使いであるが病弱。女のような容姿の持ち主。

丸橋弥生——宝蔵院流槍術の達人で、幕府に反旗を翻し処刑された丸橋忠弥の娘。生きるために女であることを捨て、男装で用心棒などの日雇い仕事をこなしている。

善達——かつて柳生十兵衛に従っていたが、十兵衛の死をきっかけに廉也と行動をともにする。弁慶のような大男。

太兵衛——神田にある口入れ屋の主人。狸に似ているため〝たぬべえ〟と呼ばれている。ケチで、その上、女房のお染の尻に敷かれている。

お染——太兵衛の妻。口入れ屋に出入りする浪人たちに焼むすびを振舞う。

相馬二郎三郎——小次郎の祖父。かつて徳川家康の影武者として〝ちょんまげ、ちょうだい〟と呼ばれていた。

【前巻のあらすじ】

時は徳川四代将軍の治世。下町神田では、腹を空かせた美貌の剣士と、可愛らしい町娘姿の狸の妖《あや》かしが町を彷徨っていた。

二人の名は、相馬小次郎とぽんぽこ。小次郎は、徳川家康の影武者を務めていた〝ちょんまげ、ちょうだい〟こと相馬二郎三郎を祖父に持つ、相馬蜉蝣流を操る剣士だったが、今や世は泰平な徳川の天下。たまに妖《あや》かしや化け物を退治することで、生計を立てていたが、今やその数もすっかり減ってしまい、とうとう口入れ屋の世話となることに。そこで後妻打ちなどの仕事を請け負うが、そんな中、町では、〝ちょんまげ、ちょうだい〟が姿を見せ、将軍家剣術指南役の柳生宗冬を打ち倒し、〝柳生の大太刀〟と呼ばれる柳生家の家宝を奪った上に、その大太刀で侍どもの髷を斬り落としているという噂が広まっていた。二郎三郎の血を受け継ぐ相馬一族である小次郎は、嫌疑をかけられ、偽の〝ちょんまげ、ちょうだい〟を追うことになるが……!?

口入れ屋での仕事の最中に出会った男装の娘・弥生や、小次郎の命を狙いに来たものの、娘姿のぽんぽこに岡惚れしてしまった柳生の武士・佐助、剣豪・柳生十兵衛の息子・廉也らとともに、小次郎とぽんぽこは、世間を騒がす〝偽ちょんまげ、ちょうだい〟事件の解決に立ち上がるのだった。

目次イラスト／Ｔｏｂｉ

ちょんまげ、ばさら

ぽんぽこ もののけ江戸語り

序　承前

ようやく、江戸中を騒がせた偽の〝ちょんまげ、ちょうだい〟事件が落ち着き、町に平和が戻った。

よくよく考えてみれば、小次郎《こじろう》とぽんぽこが、将軍家剣術指南役の柳生《やぎゅう》家を救ったようなものと言えなくもないのだが、結局、一銭にもならなかった。

相変わらず、ふたりは神田《かんだ》の貧乏長屋でろくに飯も食えない暮らしをしている。金持ちの柳生家を救っている場合ではない。

「貧乏、金なしでございます」

と、ぽんぽこは嘆いている。あまりにも核心を突いた諺《ことわざ》の言い間違いに、小次郎は訂正する気にもなれなかった。

「小次郎様、お武家様とかかわってもお金になりません」

ぐるるぐるると腹の虫を鳴かせながら、ぽんぽこが泣き言を並べている。

「金、金と言うではない。みっともない」

狸娘を諫《いさ》めてみたが、本当のことを言えば、小次郎とて、ぽんぽこと同じことを考えていた。

武家にかかわって一銭にもならなかったのは、偽の〝ちょんまげ、ちょうだい〟事件だけではない。

小次郎は浪人として口入れ屋で仕事をあてがってもらっているが、代金を踏み倒されたり、銭の代わりに訳の分からない鎧兜《よろいかぶと》を押しつけられたりと、武家のかかわる仕事にろくなものはない。

「お武家様のお仕事を引き受けるのはやめましょう、小次郎様。こんなことが続いては飢え死んでしまいます」

珍しく、ぽんぽこがまともなことを言っている。

「うむ」

さすがの小次郎もうなずかざるを得ない。

どんなに恰好《かっこう》をつけたところで、銭にならなければ、干上がってしまうだけである。浪人と狸娘の干物など洒落《しゃれ》にもならぬ。

しかし、世の中というものは思い通りに行かぬもので、小次郎とぽんぽこは、またしても武家のかかわる事件に巻き込まれてしまう。
偽の〝ちょんまげ、ちょうだい〟事件の次に巻き込まれた大きな事件のことを、後にふたりはこう呼んだ。

〝ちょんまげ、ばさら〟事件——

第一の亡霊　鬼若子《おにわこ》(壱)

1

　この日、善達《ぜんたつ》は柳生廉也《れんや》とともに宿敵であるはずの柳生宗冬《むねふゆ》の道場に来ていた。道場は増上寺《ぞうじょうじ》の裏にあり、これを知る者には〝柳生の隠し道場〟と呼ばれている。江戸城から見て、増上寺は裏鬼門、すなわち鬼門とともに忌み嫌われる坤《ひつじさる》の方向にある。本来ならば、血縁であろうと、人を呼ぶところではない。

　宗冬の考えていることも分からぬが、のこのこと柳生の隠し道場に足を運んだ廉也の心持ちも分からない。

　かつて宗冬は刺客《しかく》を使って、廉也の父・十兵衛《じゅうべえ》を殺し、廉也の命も狙っていた。廉也も宗冬を嫌っていたはずである。それが何を考えたのか、突然、宗冬は廉也と善達の住む破れ寺に顔を出し命じた。

「柳陰《やなぎかげ》を教えてやる。すぐに来い」

〝柳生新陰流《しんかげりゅう》、柳陰〟というのは宗冬の工夫した剣で、あの〝ちょんまげ、ちょうだい〟こと相馬《そうま》小次郎でさえ一目置くほどの技である。

自分の秘奥義を他人に教える剣士はいない。ましてや、宗冬は十兵衛の血を引く廉也を目の敵《かたき》にしている。

「罠《わな》ではございませんか？」

と、善達が心配になったのも当然のことであろう。

道場に入ったとたん、柳生の剣士たちに襲われることも十分にあり得る。十兵衛の弟子として宗冬の執念の深さを知る善達は不安であった。

しかし、廉也は言うことを聞いてくれない。

「このところ、少し調子がよいので、叔父上《おじうえ》と汗を流して参ります」

病弱な御曹司《おんぞうし》は刀も持たずに、隠し道場へ向かったのだった。無理やりに善達がついて来なければ、ひとりで乗り込んで行ったに違いない。

隠し道場の戸を引くと、宗冬がひとりで木刀を構えていた。周囲の壁には何振りもの木刀が並んでいる。

物珍しさも手伝い、宗冬から目を離してしまった。

「愚か者」

宗冬の声が聞こえた。

その後の宗冬の動きは素早かった。

廉也が木刀に手をかける前に、襲いかかって来た。

十分に警戒していたはずなのに、完全に不意を突かれた。善達は舌打ちするだけで精いっぱいだった。

廉也は廉也で背中を向けたまま、宗冬のことを見てもいない。

無防備な廉也の後頭部に木刀が打ち下ろされる。善達の脳裏に無残に頭を砕かれる廉也の姿が思い浮かんだ。

「よせッ」

遅いと知りながらも善達は叫び声を上げた。

が、宗冬の一撃は廉也に届かなかった。

宗冬の一撃が、
すかり――

――と、空振った。

廉也の姿が、煙のように消えたのだ。

宗冬の顔に焦りが走る。

見れば、いつの間にやら壁から木刀が一本なくなっている。言うまでもなく、廉也のしわざであろう。いつでも廉也は宗冬を打ち据えることができる。

廉也の技を見慣れているはずの善達でさえ、これから何が起こるのか予想もできずにいた。

ひりひりと胃が痛くなるような静寂の後、おかしな方向から足音が聞こえた。

「どこだッ?」

宗冬は大声を上げた。姿を消した相手の気配を聞き分けるために音を立てるのは禁物である。それなのに、柳生の当主ときたら道場に響き渡るほどの怒鳴り声を上げている。よほど焦っているようだ。

「叔父上、ここでございます」

廉也の静かな声が、文字通り、天から降って来た。

「化け物がッ」

宗冬が舌打ちする。

見上げれば、廉也が天井を走り回っている。風魔《ふうま》一族の血を引くだけあって、廉也は忍びのように身が軽い。

達人と呼ばれる武芸者であっても、しょせんは人の子にすぎない。天井を自由自在に走り回る化け物相手の稽古《けいこ》はしていない。頭上から見れば、どんな構えであっても隙だらけであろう。

廉也の腕をもってすれば、隙だらけの宗冬の頭蓋骨《ずがいこつ》を打ち砕くことなど容易《たやす》いはずである。

しかし、廉也は木刀を振らない。

身の軽い猫のように、すたんと床に着地すると宗冬に言った。

「四神《しじん》の件でお呼びになったのでしょう」

江戸は呪術《じゅじゅつ》によって守られる五行《ごぎょう》思想を取り入れた都市である。

四神というのは東西南北を司《つかさど》る霊獣であり、東に青龍《せいりょう》、西に白虎《びゃっこ》、南に朱雀《すざく》、北に玄武《げんぶ》が配され、町に魔物が入らぬように守っている。万一、魔物が入り込んだときの備えとして、五神目の黄泉《よみ》が置かれている。

京の都も四神相応の地であり、都市作りに五行思想を取り入れることは、さほど珍しいものではない。

「知っておったか」

落ち着きを取り戻すように、大きく息をつくと、宗冬はうなずいた。

「そうだ。しかし、それだけではない。風魔が動いている」

善達の身体がぴくりと動いた。自分でも血の気が引いて行くのが分かる。

風魔と聞いて身を硬くしない柳生の剣士はいない。

徳川が天下を取れた理由の一つに風魔の忍びが挙げられる。

世評では、風魔は北条氏《ほうじょう》に仕え、その滅亡とともに消え失《う》せたことになっているが、忍びというのは、そんな生やさしい連中ではない。

――韜晦《とうかい》。

忍びというのは影働き。すなわち、姿を晦《くら》ますところにその特異性がある。闇から外に出た忍びなどは恐れるに足りぬ。

戦国時代、卓越した暗殺術により風魔は有名になりすぎた。一説によると、暗愚であった北条氏政《うじまさ》、氏直《うじなお》父子が吹聴《ふいちょう》したというが、どちらにせよ、忍びにとって名が売れることは迷惑以外の何ものでもない。

だから、風魔一族は北条氏の滅亡を利用して、自らも滅びたこととし闇に隠れたのである。歴史上、滅亡したことになっている風魔の手によって殺された大名は数え切れぬほどいると言われている。

なぜ、その風魔一族が徳川《とくがわ》のために働くことになったのかは、今となっては知る者もいない。

繋《つな》ぎ役が先々代の服部半蔵《はっとりはんぞう》であったことから、風魔と伊賀《いが》の間に何かがあったのかもしれぬが、それは想像でしかない。

その後、徳川家康《いえやす》が天下を取り、平穏な世の中となると風魔はより深い闇に消えた。

一握りの重臣しか知らぬことだが、四神相応の中心を守る黄泉の正体は風魔小太郎《こたろう》であるという。今も昔も徳川において風魔が持つ意味は重い。

宗冬が廉也を呼んだ理由が分かった。

――風魔小太郎。

廉也の母・蓮《れん》の兄も風魔小太郎を名乗っていた。

伊賀の忍びの棟梁《とうりょう》が代々〝服部半蔵〟を襲名するように、風魔の当主も代々〝風魔小太郎〟を名乗る。

実態のつかめぬ風魔一族だけに確かなことは分からぬが、蓮の兄と今の風魔小太郎は別人であるという。

宗冬は言い切る。

「今の風魔小太郎は天下に野心がある。四神の首をすげ替え、四方から城を狙うつもりであろう」

隠密《おんみつ》を持つ柳生の情報網は侮れない。

もちろん、柳生の仕事は情報をつかむだけではなく、幕府に仇《あだ》なすものを抹殺することにある。相手が風魔小太郎であろうと、天下に野心を持つ以上、倒さねばならぬ。

宗冬は続ける。

「四神相応の一角である江戸湾に、白地に七酢漿草《ななつかたばみ》の軍旗を立てた船が近づいている」

「まさか……」

思わず、善達の口から言葉が飛び出した。

七酢漿草の船を持つ者など、善達の知る限り、ひとりしかいない。

「鬼若子《おにわこ》」

年寄りの昔語りに聞いた名が思い浮かんだ。

あり得ない――。

善達は自分で自分の言葉を打ち消す。〝鬼若子〟というのは戦国時代に名を馳《は》せた武将の二つ名である。その名で呼ばれていた男は、家康より先に死んでいる。すでに、この世にはいない。

しかし、宗冬は小さくうなずくと言った。

「鬼若子の水軍が近づいて来ている」

2

神田の町に雪が降った。

昨日の夕暮れ時から降りはじめた雪は、あっという間に〝傘貼り横町〟を白銀色に染めてしまった。相馬小次郎の住む長屋の戸の向こうにも白銀の雪が積もっている。それを見て、

「小次郎様、雪でございます」

何がうれしいのか、ぽんぽこが庭に飛び出して行く。

まだ、ちらちらと雪が舞っているというのに、この狸娘ときたら、仔犬《こいぬ》のように長屋の庭を駆け回っている。

一方の小次郎は、こたつで丸くなりたいほどの寒がりで、ぽんぽこが開けっ放しにして行った戸をこたつ布団の中から恨めしげに睨《にら》み、

「ぽんぽこ、戻って参れ。せめて戸を閉めぬか」

と、大声で言ってやった。

寒がりの上に無精者の小次郎は、こたつから出たくなかった。しかも、ぽんぽこが戸を開けっ放しにしてあるせいで、すっかり長屋が冷えてしまっている。ますます、こたつから出るわけにはいかぬ。

そんな小次郎の気持ちなど、まるで考えぬぽんぽこは、

「小次郎様、雪でございます。冷とうございますね」

などと言いながら、ご苦労にも雪の中を転げ回っている。

「おぬしは犬か」

小次郎は言ってやった。

確かに、江戸の町で、雪がこんなに積もるのは珍しいが、ここまではしゃぐこともあるまい。

「これ、ぽんぽこ、風邪を引くぞ」

半妖狸《はんよう》が風邪を引くとは思えなかったが、早く戸を閉めてもらいたい一心で小次郎はそんなことを言ってみた。

すると、返事の代わりに、雪玉が、

ぽこり――――と小次郎の顔に命中した。

小次郎は悲鳴を上げた。刀で斬られても平然としている〝ちょんまげ、ちょうだい〟とは思えぬ悲鳴だった。

「ひッ」

「小次郎様、雪合戦でございます」

と、ぽんぽこは雪玉と一緒に迷惑を振り撒《ま》いている。

その迷惑の行き着く先は、やはり小次郎で、冷たい雪玉が、ぽんぽんと飛んで来る。

「よせッ、よさぬか、ぽんぽこッ」

隣近所があるというのに、思わず大声を上げてしまった。

が、怒鳴り声くらいで怯《ひる》むぽんぽこではない。

「小次郎様、楽しゅうございますね」

と、顔中を口にして笑っている。

そのとき、ぱたりと音が聞こえた。隣の佐《さ》助《すけ》が起きて外を覗《のぞ》き込んだようだ。溺《おぼ》れる者は藁《わら》をもつかむ。

「ぽんぽこ、佐助が雪合戦をしたいようだぞ」

と、小次郎は佐助を生贄《いけにえ》に差し出した。

ぽんぽこを嫁にすると言い張っている佐助のことだから、大よろこびで雪合戦の相手をすると思いきや、

ぱたん――――
――――と、戸を閉めてしまった。

元柳生の忍びのくせに佐助も寒さが苦手らしい。

「裏切り者めッ」

自分のことを棚に上げて小次郎は佐助を罵《ののし》るが、すでに手遅れである。佐助ときたら、戸を固く閉ざして開ける気配も見せない。

こうなってしまうと、ぽんぽこの遊び相手は小次郎しかいない。

「小次郎様、雪というのも綺麗《きれい》でございますね」

ぽんぽんと雪を放り投げ続けている。庭だけでは飽き足らず、長屋の中までも真っ白に

するつもりらしい。

「おぬしなあ……」

もはや何を言っても無駄である。ぽんぽこは雪に夢中で小次郎の言葉など聞いていない。雪を丸めては小次郎に投げつける。

早く戸を閉めなければ、長屋の中が雪だらけになってしまう。

それでも小次郎は寒いのが嫌で、こたつの中でぐずぐずとしていた。我ながら思いきりの悪い男である。

すると、人ではない何かの声が聞こえて来た。

――早く戸を閉めぬか。

「む」

とたんに小次郎の顔が引き締まる。いつの間にやら、長屋の中に魔物が入り込んだらしい。

雪というものは、ときおり、とんでもない化け物を運んで来ることがある。

殺気こそ感じぬが、用心に越したことはない。

忍びの気配さえ感じ取る小次郎が、声をかけられるまで気づかなかったのだ。厄介な魔物であるのかもしれぬ。小次郎は刀に手を伸ばした。

が、小次郎の手は虚空を摑むばかりで、どんなに手を伸ばしても刀に触れることができない。慌てて、いつもの場所に目をやると置かれているはずの刀が見あたらない。

――何をさがしておる？

再び、声が聞こえた。やけに声が近い。

見れば、いつの間にやら、小次郎の隣のこたつ布団に二、三歳の子供ほどの大きさの白い猫が潜り込んでいる。

全身が初雪のように真っ白である他は、ただの寒がりの猫にしか見えぬ。野良猫や近所の猫が長屋にあがり込むのは珍しいことではない。

他に何かがいる気配もない。戸惑いつつも、小次郎は白い猫に聞いてみた。

「そこの猫、何か言ったか？」

――猫がしゃべるわけなかろう。ものを知らぬ男だのう。

と、白い猫は言う。

しかも、白い猫の重そうな身体の下に小次郎の刀が見え隠れしている。子供でも、この白い猫が普通でないことくらいは分かる。控え目に見たって、化け猫の類《たぐい》である。

正月から面倒なことになったものだ――。

小次郎は思うが、自分の家に入られ、しかも大切な刀を奪われている以上、放っておくわけにもいかない。

小次郎はこたつから出ると、白い猫の前に立ち詰問口調で質問を続けた。

「相馬小次郎に何か用かな？」

今でこそ、しょぼくれた綿入れを盛大に着込み、こたつを恋しがっている小次郎であるが、もとを正せば神君《しんくん》・家康公の影武者を務めたほどの家柄〝ちょんまげ、ちょうだい〟こと相馬一族の嫡男である。

つい数ヶ月前に偽の〝ちょんまげ、ちょうだい〟が江戸中を騒がせて以来、戦国が終わったことを認めようとせぬ時代錯誤な連中や、訳の分からぬ化け物どもに命を狙われることも増えている。この白い化け猫も小次郎の命を目あてにやって来たのだろう――。小次郎はそう思った。しかし、

――相馬小次郎……？　はて？

白い猫は興味なさそうに欠伸《あくび》を一つした。

――用も何も、おぬしのことなど知らぬのう。

それはそれで腹が立つ。

化け物相手に大人げないとは思いつつも、ほんの少しだけ小次郎の声が尖《とが》った。

「では、何をしに来た？」

──見て分からぬのか？

どこをどう見ても、ぐうたらな猫がこたつで丸くなっているだけである。

「分からぬ」

小次郎は言ってやった。

──鈍いのう。

と、言いながら、白い猫は勝手にこたつの上の蜜柑《みかん》を食いはじめる。肉球を器用に使って、蜜柑の皮を剥《む》いては口に放り込んでいる。

何だ、こやつは──。小次郎の口からため息が漏れた。蜜柑好きの化け猫など聞いたこともない。

蜜柑を勝手に食われている以外に害はなさそうだが、化け物のくせにやる気というものが見られない。無害というより無気力に見える。

──冬は蜜柑に限るのう。

白い猫はふにゃあと欠伸をしている。

こたつから出て仁王立ちしているのが馬鹿馬鹿しくなり、寒さに軽く身震いをすると、再び、こたつにもぐり込んだ。

今度は白い猫の方から話しかけてきた。

——小次郎とやら。

「うん？」

——おぬしも蜜柑を食うか？　一つくらいなら、くれてやってもよいぞ。

それはおれの蜜柑だ——。そう言ってやろうと口を開いたとき、ぽこりと雪玉が小次郎の顔に命中した。

化け猫に気を取られ、狸娘のことを忘れていた。

「小次郎様、雪は冷とうございますね」

とたとたと足音が聞こえ、雪だらけの恰好《かっこう》でぽんぽこが長屋に入って来た。

小次郎が外に出て来ないことに業を煮やし、合戦の城攻めよろしく長屋に攻め込んで来たのであろう。

小次郎の顔面についた雪片が、ぽろりと落ちる。

「ぽんぽこ、おぬしなあ——」

と、説教の一つもしてやろうと口を開きかけたが、ぽんぽこの言葉の方が早かった。

「あッ、白額虎《はくがくこ》様ッ」

飛びつくように白い猫——白額虎に駆け寄った。

——相変わらず、うるさい小娘だのう。

白額虎は面倒くさそうに言った。それから、小さく身震いをして言葉を続ける。

――寒くてかなわん。戸を閉めぬか、ぽんぽこ。

3

目の前には化け狸と化け猫が並んで座っている。しかも、小次郎のこたつに入って小次郎の蜜柑を食っている。

「おぬしらなあ……」

小次郎の口からため息が漏れる。のんびりと正月を過ごすはずが、なぜか長屋が化け物屋敷になっている。

言いたいことは山ほどあるが、とりあえず、白額虎とかいう化け猫のことをぽんぽこに聞く。

「この猫はおぬしの知り合いなのか？」

「猫などとは失礼でございますよ、小次郎様」

なぜか叱られた。こたつを取られ蜜柑を食われた上に、雪で遊んでいた狸娘に叱られては割りに合わない。

二匹まとめて追い出してやろうかと思っていると、小次郎が口を開くより早くぽんぽこが言葉を継いだ。

「白額虎様は唐《もろこし》の神仙でございます」

「神仙？」

目を丸くする小次郎に、ぽんぽこは説明しはじめる。

大昔、海の向こうの唐で、仙人や道士、妖怪《ようかい》が人界と仙界を二分して天下分け目の大合戦を繰り広げたことがあった。その戦《いく》さのときに仙人のひとりが騎乗していた虎が白額虎であるという。合戦が終わり、その仙人が北海眼に封じられたのを境に、海を渡ってやって来たらしい。

「なるほど」

小次郎は曖昧《あいまい》にうなずく。いつ聞いても唐の話は大きすぎて、ぴんと来ない。しかも、目の前で、こたつで丸くなっている駄猫は虎には見えず、ましてや仙人の仲間なんぞには絶対に見えない。

しかし、考えてみれば、ぽんぽこも半妖狸と言い張っているが、お気楽な町娘にしか見えぬ。言いたくないが小次郎だって、〝ちょんまげ、ちょうだい〟というより〝お銭《あし》、ちょうだい〟である。見かけは問わぬことにした。

とりあえず、いちばん疑問に思うことを聞いてみる。

「その仙人が、なぜ、江戸にいるのだ？」

「白額虎様は四神《しじん》のひとりとして江戸を守っているのでございます」

ぽんぽこは澄ました顔で、とんでもないことを言い出した。

半妖狸のぽんぽこは、大昔から江戸に棲《す》みついている狐狸《こり》獺《かわうそ》や化け猫と仲がよく、江戸の化け物事情にも詳しい。

ほんの少し前まで江戸は草深い未開の地で、人よりも魔物の方が数多く棲んでいるような田舎だった。それを家康が無理やりに拓《ひら》いたのだから、魔物たちにしてみれば迷惑な話である。江戸を取り戻したいと思っている魔物も一匹や二匹ではないはずだ。

しかも、人にも恨まれている。徳川は武力によって天下を取っている。つまり、数え切れぬほどの屍《しかばね》の上に成り立っている家柄である。徳川を恨む亡霊も多い。

そこで、家康は江戸城を中心とした江戸の町を四神相応の地とし、魔物や人の怨念《おんねん》から護ろうとしたのである。

四神相応。

すなわち、江戸の町には、東西南北に四神と呼ばれる霊獣が配され、さらに、万一、魔物が四神の守りをかいくぐって江戸に入り込んだときの備えとして、中央に五神目が置かれている。

五神は〝五色の神剣〟と呼ばれる守り刀を持ち、江戸を魔物や悪霊から守る封印の役割を担っている。

少しでも風水や化け物に興味のある者なら知っていることである。

しかし、四神の一角がこんな駄猫と知る者はいまい。

「白額虎様は白虎なのでございます。東海道を守っておられます」

ぽんぽこは威張っているが、その偉い白虎様がこたつで蜜柑を食っている理由が分からない。

世の中、小次郎の知らぬことも多いが、まさかこの長屋は東海道ではあるまい。

さらに、驚きは続く。

——ぽんぽこ、おぬしは青龍ではないか？　江戸川を守っているのだろう？

と、白額虎は、今度こそ小次郎の目が飛び出しそうなことを言い出した。

「青龍？　ぽんぽこが？」

「やめたのでございます、小次郎様」

と、ぽんぽこはあっさり言うが、日雇い仕事でもあるまいし、結界の一部が勝手にやめては困る。

「江戸に魔物が入って来るのではないか」

ぽんぽこに言ってやった。

「守り刀があれば大丈夫でございます」

たいていの魔物は守り刀に怯《おび》えるらしい。

しかし、ぽんぽこと白額虎が揃って長屋《ここ》にいるということは、守り刀も江戸川と東海道にはあるまい。

すると、狸娘は涼しい顔で言うのだった。

「守り刀はお鶴《つる》ちゃんにあげちゃいました」

白額虎も言葉を続ける。

――わしの刀もお鶴にくれてやった。

簡単に言えば、四神の仕事を他人に押しつけたということであろう。

「おぬしらなあ……」

お気楽ふたり組に仕事を押しつけられたお鶴という娘が不憫《ふびん》でならぬ。

「大丈夫でございます。魔物などもう時代遅れでございます。江戸の町で妖《あや》かしなど見たことはございません」

よほど四神として働きたくないのだろう。自分だって半妖狸のくせに、ぽんぽこは適当なことを言っている。

「そうでございましょう、白額虎様？」

と、ぽんぽこはお気楽仲間に同意を求める。

蜜柑《みかん》を食うしか取り得のなさそうな怠惰な駄猫のことだから、ぽんぽこの尻馬に乗ると思いきや、白額虎は首を振った。

白額虎は言う。

——面倒なことに、時代遅れの連中が出おった。

「え？」

ぽんぽこが目を丸くする。

白額虎は渋い顔で言葉を続ける。

——江戸湾に亡霊が出おった。

突然、江戸湾といわれても訳が分からぬ。

「お鶴ちゃんが守っているところでございます」

ぽんぽこが説明する。

仕事を押しつけられた上に、亡霊まで姿を見せるとは、ますますお鶴というのは不憫な娘である。

――助けに行ってやった方がよいのかもしれんのう。

白額虎はそう言うと、止める間もなく、最後に一つだけ残っていた小次郎の蜜柑を食ってしまった。

＊

「よいしょ、よいしょ」

お鶴は大汗をかきながら東海道へ出る道を急ぎ足で歩いている。

大汗をかくのも当然のことで、もともと江戸湾だけを守っていたはずが、ぽんぽこに江戸川の守護を、白額虎に東海道の守護を押しつけられてしまった。

その上、ぽんぽこと白額虎ときたら、四神の証《あかし》である守り刀まで置いて行ったのだ。大切な守り刀なのだから持ち歩かなければならない。

「刀というのは重うございます」

お鶴はため息をつく。

〝妖かし〟とはいえ、十二、三歳の体格しかないお鶴に三本の刀は重い。そんなものを抱えて、江戸湾、江戸川、東海道を行ったり来たりしているのだから、大汗をかかない方がどうかしている。

「ぽんぽこお姉様も白額虎様もあんまりです」

お鶴は泣きべそをかく。

特に、ぽんぽこはひどい。

四神のひとりに選ばれ、江戸の一角を守ることを承諾したくせに、まともに江戸川にいたためしがない。いや、いたためしも何も江戸川に行きさえもしなかった。

「この刀はお鶴ちゃんにあげます。ぽんぽこは玉子焼きがあれば、よろしゅうございます」

と、最初《はな》からお鶴に丸投げしたのだ。

その上、雪が降った寒い朝、東海道を守っていたはずの白額虎がお鶴の前に顔を見せたかと思えば、

――寒いのは苦手だ。こたつのあるところに行く。

と、これまた自分勝手なことを言って、当然のような顔で東海道と守り刀をお鶴に押しつけたのであった。

「人使いの荒い話でございます」

お鶴はどこに行ったのかも分からない二匹に文句を言う。

四神の役目など投げ出してしまえばよいことも分かっている。

もともと、お鶴は人の子だった。

父母は貧しい百姓で、口減らしのためだろう。お鶴は十二のとき山に捨てられている。日が暮れて、お鶴が泣いていると、山犬が近づいて来た。痩《や》せこけて、腹を減らしているらしく、お鶴を見てよだれを垂らしている。

気の小さなお鶴にはどうすることもできない。逃げようにも足がすくんでいた。気づいたときには、全身に激痛が走り山犬に喰《く》われていた。

不思議なことに、死骸《しがい》となってもお鶴は意識が残っていた。山犬はお鶴を散々喰い散らかすと、どこかへ去って行った。

それから長い長い歳月が流れ、お鶴は朽ちて土となった。

ある日、土となったお鶴の上に、一羽の白い鶴が降りて来た。そして、お鶴の土を啄《ついば》んだ。

すると、お鶴は白い鶴となり、やがてもとの娘の姿となった。

人はお鶴のことを山に捨てただけだ。苦労して人の子たちを守ってやることはない。魔物が江戸に入って来ようとお鶴の知ったことではないのだ。

しかし、大雑把なぽんぽこと違い、お鶴は何事につけても真面目にできている。無理やりだろうと何だろうと、一度引き受けた仕事を投げ出すことはできない。

損な性格だ——。

自分でもうんざりするが、こればかりは仕方がない。

気がつくと、日が落ちかけている。急がなければ、夜になってしまう。くよくよしている場合ではない。

壁に耳あり障子に目あり。

どこで誰が見ているのか分かったものではないので、術を使うことを控えているが、ここまで疲れてしまっては、それどころではない。

お鶴はため息をつくと、懐からやけに白い紙を取り出し、手早く鶴を折った。

「乗せておくれ」

と、お鶴は折り鶴に言葉を投げかけ、虚空にぽんと放った。

くるり、くるり——

——と、折り鶴は舞う。

回るたびに、折り鶴はぐぐんと一回り二回りと膨れ上がり、やがて、地面に落ちるころには、畳一畳ほどもあろうかという大鶴となっていた。

お鶴は折り鶴に飛び乗った。

「江戸湾まで行っておくれ」

と、お鶴が命じると、真っ白な折り鶴は、鳥のようにふわりと空に舞い上がった。

お鶴は折り鶴に乗って、江戸湾の見《み》廻《まわ》りに行くつもりであった。

4

江戸湾に浮かぶ軍船の上で、長宗我部《ちょうそかべ》元親《もとちか》は潮風に吹かれていた。左肩には小さな京人形が乗っている。

死人《しびと》という卑しい身だからなのか、海の上からも江戸の町が手に取るように見える。立派な江戸の町も元親には腹立たしいものでしかない。

黄泉が言うには、徳川は天下を取り、長宗我部の一族は流人《るにん》となり果て土佐《とさ》の国さえ失ったという。

——死んだ時期が悪すぎた。

元親は唇を噛《か》む。

天下分け目の関ヶ原《せきがはら》の合戦の前に、元親は死んでいる。

遠い昔、土佐は京の流刑地であったためか、ときおり、公家《くげ》のような容貌《ようぼう》の男が生まれる。

元親も抜けるように肌の白い、言ってみれば京美人のような顔をしていた。体質なのか身体に肉もつかず、ほっそりと撫《な》で肩で、後ろ姿は女のように見える。

黄泉という男は、何のつもりか知らぬが、元親を二十歳《はたち》そこそこの若者として地獄より呼び出したのであった。

自分の身体だというのに、大昔の若いころの身体は、ひどく懐かしい。

死人であるためか、目を閉じると自分の生涯が走馬灯のように瞼《まぶた》の裏を駆け巡る。

天文《てんぶん》八年、西暦で言うと一五三九年に元親は土佐に生まれた。二十二歳の若さで家督を継ぐと、本山《もとやま》氏、吉良《きら》氏など近隣の諸豪族を従えたのを皮切りに、国司家《こくし》一条《いちじょう》氏を追放して土佐を統一、ついで阿波三好《あわみよし》氏、讃岐香川《さぬきかがわ》氏、伊予河野《いよこうの》氏など有力な土豪を滅ぼし四国を統一するほどの英雄である。

しかし、最初から英雄であったわけではない。

〝姫若子《ひめわこ》〟

若きころの元親の異名だ。もちろん誉め言葉ではない。

獣のような男が持て囃《はや》される戦国にあって、女のような男はそれだけで侮られる。元服するまで元親は何度も女に間違われている。

見かけだけでなく、元親自身、よく言えば穏和、悪く言えば臆病《おくびょう》に生まれついた。

滅亡の危機に瀕《ひん》した長宗我部家を再興した父・国親《くにちか》が野犬のように獰猛《どうもう》な容貌と性格の持ち主であっただけに、元親の柔らかさはいっそう目立った。

しかも、この御曹司《おんぞうし》ときたら、いくつになっても刀や槍《やり》に触れようとせず、無理に馬に乗せようとすると泣き出す始末であった。

〝姫若子〟と呼ばれても仕方があるまい。

長宗我部家に忠誠を誓った古い家臣でさえ、元親に愛想を尽かしていた。

元親本人も、遅かれ早かれ血に塗《まみ》れることになる長宗我部当主の座に未練はなかった。戦うことが嫌で嫌で仕方なく、二十歳になっても戦《いく》さに出ようとせず、ずるずると初陣を引き延ばしていた。

鬼国と呼ばれる土佐は領民の気性も荒く、京の連中の言うところの〝蛮地〟であった。

人形遊びどころか、人形そのものが珍しい。

元親の人形を作ったのは戦さで右腕をなくした隻腕の甚五郎《じんごろう》という男だった。土佐に流れて来て、食うものもなく死にかけているところを国親が助けたらしい。

甚五郎は穏やかな男で、人見知りをする性格《たち》の元親も懐いた。

元親が争いごとを好まず、〝姫若子〟と侮られていることを聞くと、甚五郎は一体の人形を作ってくれた。ちなみに、甚五郎が作ってくれたのは、京で流行《はやり》のおかっぱ姿の京人形である。

いくら〝姫若子〟と呼ばれていようが、元親は長宗我部家の御曹司である。

その元親に、娘にくれてやるような人形を渡しおってと、国親は苦々しい顔を見せたが、素直に喜ぶ元親の姿を見て、怒りの言葉を呑《の》み込もうとした。

しかし、その顔は怒りで朱に染まっている。〝土佐の蛮王〟と呼ばれているだけに、国親の気は荒く短い。

そんな父の顔色など気にもしない元親は甚五郎に聞く。

「この人形、名を何と申す？」

「鬼《おに》小《こ》姫《ひめ》とでも呼んでくだせえ」

甚五郎は平然と答える。それから、怒りを露《あら》わにする国親の顔をちらりと窺《うかが》い、内緒話のように付け加えた。

「きっと若君の役に立ちやす」

その言葉を国親は元親を「女として育てよ」という侮りとして捉《とら》えた。

土佐の跡継ぎを女扱いされては、もはや許しておけぬ――。国親は有無を言わさず、甚五郎を牢《ろう》へ叩《たた》き込んだ。

数日後、国親の命令で甚五郎の首は刎《は》ねられ、海辺に晒《さら》された。

土佐の海辺には罪人や国親の怒りを買った連中の首が晒されており、苦悶《くもん》の表情を浮かべながら、鳥に啄《ついば》まれ、朽ちて行っている。

元親も海辺に晒された首を見に行ったが、甚五郎の首は苦悶の表情も浮かべず笑っているようであった。


それから歳月は流れ、元親は病に倒れた国親を継ぎ、土佐郡朝倉《あさくら》城主の本山氏との戦さに出陣することとなったのだ。

しかし、元親の女のような姿は相変わらずで、合戦の場にまで京人形の鬼小姫を連れていた。自分でも情けないとは思うが、手放せないのだから仕方がない。

こんな男の下についていられるかと長宗我部家を後にした家臣もひとりやふたりではなかった。

元親はわずかばかりの手勢で本山氏を攻めることとなった。元親に従った家臣も勝てると思っていなかったが、軍を率いる元親自身も勝てると思っていない。槍の使い方すら知らぬのだから、合戦どころの騒ぎではなかろう。

本山氏の支城、長浜城をめぐっての合戦、後の世で言うところの〝長浜《ながはま》の戦い〟は、大方の予想通り、長宗我部家の劣勢のまま終盤を迎えていた。

血のにおいが立ち込める中、元親は震え上がり、下知《げち》を下すどころか、口を利くことさえできずにいた。戦闘中にもかかわらず、鬼小姫を抱いている。長宗我部家の滅亡はすぐそこにあった。

勝敗の大勢が決まったとき、大将のすべきことは一つしかない。

「御腹を召しなされ」

家臣のひとりが言い出した。

敵の手に落ちる前に潔く自害しろというのだ。

「うむ」

元親は気軽にうなずいた。

戦さに比べれば、死ぬことなど怖くはなかった。腹を切ることで、血なまぐさい戦国の世から解放されるのであれば、むしろ喜んで死のうとさえ思っていた。

なにげなく元親は鬼小姫を左肩に乗せた。これから死に行く元親としては今生《こんじょう》の思い出のつもりである。

そのとき不思議は起こった。

冷たい人形であるはずの鬼小姫に血の気が通い、元親に語りかけてきたのであった。

鬼小姫は言う。

——槍を持って、この鬼小姫と一緒《とも》に戦うのじゃ。

身体の震えがぴたりと止まった。

さっきまで怖くて仕方がなかったのに、今は一刻も早く戦場を駆け回りたかった。

自分では分からぬが、顔つきも変わっていたのだろう。元親を見る家臣たちの目に怯《おび》えが走っている。

しかも、どうやら家臣たちの耳に鬼小姫の言葉は聞こえていないらしい。

「槍を持て」

元親は命じた。

しかし、元親はこれまで戦場を駆け回るどころか、槍を握ったことすらない。

腹を切れと進言した家臣に元親は聞いた。

「槍というのはどう持つのだ？」

古来、大将というものは全軍の指揮を執るもので、槍を片手に敵を蹴散《けち》らしたりはしない。

しかし、この日、もっとも多く敵の首を刈ったのは左肩に京人形を乗せた若武者——元親であった。

まともに乗ったことがないのに、まるで自分の手足のように馬が駆けてくれる。槍は元親の思うより速く動き、飢えた蛇のように敵の血を吸った。

ひとり殺せばふたり殺したくなり、とにかく血を見たくて仕方がない。

返り血を化粧のように顔にぬり、元親は戦場で首を刈り続ける。

元親の魔神のような戦さ働きを見て敵である本山氏だけでなく、味方までもが震え上がった。

戦国の荒武者とはいえ子もあれば親もある。命の惜しくない者などおらず、言うまでもなく、魔神相手に戦おうという者などいるはずがなかった。あっという間に敵陣が崩れた。

怯《ひる》んだ敵兵を見て、元親は下知を下す。

「ひとり残らず殺せッ」

と、元親の冷たい声が戦場に谺《こだま》した。

〝姫若子〟と元親を侮っていた家臣の姿は、もはや、どこにもいない。家臣たちは元親に怯え、そして服従する。

このときから元親は〝鬼若子〟と呼ばれるようになった。

鬼若子の下、長宗我部部隊は一糸乱れぬ一本の矢となり、すでに及び腰となっている敵兵に突き刺さり、蹂躪《じゅうりん》する。命乞《いのちご》いしている相手を弄《もてあそ》ぶように殺していく。

方々から敵兵の悲鳴と血飛沫《ちしぶき》が上がる中、突然、鬼小姫が太刀を片手に飛び回り、観念している敵兵の首を、

すぽん、すぽん、すぽん……――

――と、刈っていく。


血を浴びるたびに、鬼小姫は嬉《うれ》しそうに笑った。

人形の冷たい笑い声が戦場に谺する。

どうなっているのか分からぬが、敵味方の目には鬼小姫の姿が元親に見えるらしい。元親の名を呼びながら、鬼小姫に斬られ絶命していく敵兵もいた……。

やがて、敵兵は死に絶え、荒野は屍《しかばね》の浮く血の海と化した。

――終わりましたよ、元親。

耳元で化け物人形の声が聞こえた。

いつの間にか、元親の左肩には鬼小姫が戻って来ている。

目の前には、かつて元親を馬鹿にしていた家臣たちが、ガタガタと小刻みに震えながら平伏している。

見渡すかぎり元親より頭の高い者はいなかった。

——いい気持ちでしょう、元親。

鬼小姫は元親の心を見通す。

部屋にこもって人形遊びばかりしていた元親は、こんな広い世界を知らずにいた。

人がゴミのように見える。

しかし、自分の力でないことくらい元親だって知っている。

「なぜ、力を貸してくれた?」

元親は聞いた。

——殺したい男がいるのです。

鬼小姫は言う。

「誰だ?」

こんな風景をまた、見せてくれるのなら、元親は鬼小姫に力を貸すつもりでいる。

——松平元康《まつだいらもとやす》。

鬼小姫の口から言葉が落ちた。

鬼小姫を作った甚五郎の右腕を斬り落とした男の名であるらしい。

のち徳川家康となった男を殺すために、鬼小姫はこの世に生まれてきたのであった。

5

江戸湾に〝鬼若子〟長宗我部元親の水軍が姿を見せたという話は、瞬く間に江戸中を駆け回った。

当然ながら、戦国大名の長宗我部元親が江戸の世に蘇《よみがえ》ったと考える江戸っ子はなく、どこぞの大名が徳川に反旗を翻したものと決めつけ、再び、合戦がはじまると色めき立った。

徳川に反抗的な戦国武将を遠く西国に鉢植えしたのはよいが、目が届きにくくなっている。

薩摩《さつま》の島津《しまづ》家、長州の毛利《もうり》家、加賀《かが》の前田《まえだ》家と指を折ればきりがない。その連中が立ち上がり、幕府を倒そうとすることも十分にあり得た。

江戸城の将軍側近たちは震え上がった。

家康の時代であれば、水軍の一つや二つ、即座に打ち払うところであるが、今は刀よりも算盤《そろばん》上手が出世する世の中である。

連日のように軍議こそ開いたものの、重臣たちは騒ぎ立てるばかりで、対策一つ出そうとしない。生まれてこの方、合戦の経験がないのだから、対策の立てようなどあろうはずがなかった。

「どうにかせえッ」

権現《ごんげん》様の血を引く四代将軍・家綱《いえつな》も喚《わめ》き散らすばかりで、青白い顔をしている。何一つ話が先に進まぬ。

そんな喧噪《けんそう》の中、ひとり静かに座っていた柳生宗冬が、いつの間にか姿を消していた。


宗冬が江戸湾に着いたのは、江戸城の軍議から一刻《いっとき》後のことだった。

元親の船が停まっているのは、江戸湾とは言っても田畑すらもまばらな上総《かずさ》の田舎であるが、このまま船を進ませれば、町の中心――江戸城はすぐそこにある。騒ぎ立てるばかりで無策な幕府相手なら、簡単に城を落とすことができるだろう。

長宗我部家の白地に七酢漿草の旗が潮風に靡《なび》いている。

宗冬は江戸柳生家の当主であるにもかかわらず供廻《ともまわ》りも連れず、ただ一騎で雪原から海に浮かぶ長宗我部水軍の船を見ていた。

船上に人影が見え隠れしているが、漂って来るのは人の気配ではない。本物の長宗我部水軍であると宗冬の勘は伝えていた。

江戸柳生が幕府で果たす役割は大きい。

将軍への剣術指南をするだけでなく、隠密《おんみつ》として各地の大名の動向をさぐるのも江戸柳生の仕事の一つである。軍議が開かれる前から怪しげな水軍のことは知っていた。

手を打たなかったわけではない。

柳生の手練《てだ》れの何人かに捜査を命じたが、首を刈られた死骸《しがい》が転がっただけに終わっている。

手下の手に負えぬなら、宗冬自身が出るしかない。それが役目なのだ。父・宗矩《むねのり》以来、柳生家が徳川を支えて来たという自負もある。自分の代で柳生を潰《つぶ》すわけにはいかぬ。そして、宗冬がここへ来たのは、役目への責任感だけが理由ではない。

自分は柳生当主の器ではない――。剣鬼・柳生十兵衛を兄に持った定めとして、宗冬は幼いときから劣等感に苛《さいな》まれていた。

耐え切れず、刺客《しかく》を使い、十兵衛を殺してみたものの、劣等感は消えるどころか、いっそう膨れ上がった。しかも、

——柳生廉也。

柳生十兵衛の落とし胤《だね》の名である。

十兵衛の子が現れ、獅子《しし》の子はやはり獅子で、人である宗冬は歯が立たなかった。あっさりと髷《まげ》を刈られた。

目付になろうと大名になろうと、柳生は剣の一族なのだ。十兵衛を暗殺したのは間違っていたし、宗冬より強い廉也が柳生の当主になるべきである。

柳生廉也、そして〝ちょんまげ、ちょうだい〟こと相馬小次郎と相対してからというもの、あれほど執着していた柳生家当主への未練は消えていた。

剣士として唯一の証《あかし》とも思える秘剣〝柳陰〟も廉也に伝えた。もはや、この世に未練は何もない。

鬼若子・長宗我部元親——。江戸の世にもその名を残す戦国の荒武者である。

合戦のたびに、元親の通った後には、首のない敵兵の屍が並んだという逸話が残っている。道場剣術しか知らぬ宗冬ごときが勝てる相手ではない。

「死ぬには悪くない日だ」

使い古された台詞《せりふ》が宗冬の口から零《こぼ》れ落ちた。

白い雪の中、鬼若子の槍《やり》に胸を貫かれ、死んでいく自分の姿が思い浮かんだ。胸から流れた血が雪の上で、赤い花のように咲いている。

宗冬は馬を蹴《け》った。

6

「小次郎様、お鶴ちゃんがおりました」

江戸湾まであと少しというところで、ぽんぽこが大声を上げた。

「ん？」

小次郎はきょろきょろと辺りを見回す。

青空が広がっているものの、見渡すかぎり雪景色で、ひとけがない。聳《そび》え立つ江戸城は見えるが、いくらぽんぽこでも城を〝お鶴〟と呼びはしないだろう。

「どこにおるのだ？」

小次郎には分からない。

――ぽんぽこ、こやつは本物の相馬なのか？

白額虎は無礼な口を叩《たた》いている。

「改めて聞かれると、自信がございません」

ぽんぽこが不安そうな顔をする。

そこは自信を持ってよいところだ――。そう言いかけたとき、それが目に飛び込んで来た。

「まさか……。あれか？」

――うむ。

白額虎がうなずく。

雪がやみ、雲一つない青空を面妖《めんよう》な白いものが飛んでいる。しかも、その白いものの上には小娘が乗っているのだ。

鳥のように見えぬこともないが、人の娘を乗せて飛ぶ鳥などあろうはずがない。

目を凝らせば、娘が乗っているのは鳥ではなく折り鶴である。ますます自分の目が信じられぬ。

目を丸くする小次郎に白額虎は同意を求めるように言う。

――世の中、いろいろな化け物がおるのう。

人語を操る奇っ怪な駄猫に言われても、うなずけない。

「お鶴ちゃんッ」

ぽんぽこが江戸城まで届きそうなほどの大声を出す。相変わらず、どこにいても喧《やかま》しい。

折り鶴の娘――お鶴は、一瞬、ぽんぽこの大声にきょろきょろ見回したが、すぐに狸娘の姿に気づいたらしく、空の上で喚きはじめた。

「ぽんぽこお姉様に白額虎様ッ。やっと帰って来てくださったのですねッ」

と、折り鶴の上で、うれしそうに手を振っている。

それを見て、ぽんぽこもうれしそうに言う。

「小次郎様、お鶴ちゃんが喜んでおります」

「うむ」

仕事を押しつけて雲隠れしていた狸と猫が帰って来たのだから、それは喜ぶだろう。うれしさの余り、殴りかかって来ても不思議はない。

――無邪気な娘よのう。そんなにわしに会えてうれしいか。

白額虎が何か言っている。

「お鶴ちゃんッ、こちらに来てくださいッ」

ぽんぽこの言葉を遮るように、
どん――

――と、大砲の音がした。

「小次郎様、何か飛んでおります」

「うむ」

見れば、何かではなく、大砲の弾丸である。

江戸湾の方から、黒い弾丸がお鶴の折り鶴に目がけて飛んで行く。

——危ないのぅ。

「うむ」

他に言いようがない。

ぼすんと乾いた音を響かせ、弾丸が折り鶴の右の翼を貫いた。面妖な折り鶴とはいえ、しょせんは紙で作られたものにすぎず、大砲に撃たれては、ひとたまりもない。呆気《あっけ》なく、ひゅるひゅると江戸湾に落ちていく……。

「小次郎様、お鶴ちゃんが海に落ちてしまいました」

ぽんぽこが困り果てた顔で言った。

撃ち落とされ、訳の分からぬ船に捕らえられたお鶴をどうすべきか、小次郎が頭を悩ませていると、ぽんぽこが口を開いた。

「小次郎様、今度は馬が走って行きます」

見れば、柳生宗冬である。

似合わぬ白馬に跨《またが》り、ただ一騎で、江戸湾に浮かぶ面妖な船に向かって颯爽《さっそう》と走っている。

「宗冬様がお鶴ちゃんを助けてくださるのでしょうか?」

相変わらず、ぽんぽこは都合がいい。

「違うと思うが」

そう言いながらも、小次郎にも宗冬が何を考えているのか分からない。

——分からぬことは聞けばよかろう。

と、白額虎は言うと、白い煙となり宙に消えた。

目を擦《こす》る暇《いとま》もなく、宗冬の周囲に煙が立ち込め、気づいたときには一本の長い縄のようになっていた。

縄煙は本物の縄のように宗冬を搦《から》め捕り、宙に持ち上げた。

自分の身に何が起こったのか分からないのだろう。宗冬は目を白黒させている。

乗り手を失った白馬だけが、江戸湾へ向かう雪原を駆けて行く……。

煙の縄に巻かれた宗冬が小次郎のもとに運ばれて来た。

――ほれ、連れて来たぞ。

白額虎は言うと、乱暴に宗冬を雪の上に放り投げた。

「ぐっ」

背中をもろに打ったらしく、宗冬が息を詰まらせた。

それを尻目《しりめ》に、白額虎は、さっさと白い猫の姿に戻り欠伸《あくび》なんぞをしている。宗冬は白額虎のことを見てすらいない。

「何の真似だ、相馬小次郎」

顔を真っ赤にして宗冬が怒り狂っている。

何の咎《とが》もない柳生家の当主を縛り上げ、有無を言わさず、連れて来たのだから怒り狂うのも当然である。

「なぜ、相馬が邪魔をするのだ？」

「いや……」

小次郎は口ごもる。

邪魔をしたのは小次郎ではなく、白額虎なのだが、こやつは涼しい顔で猫の振りをしている。

しかし、猫の真似をしている白額虎を「犯人はこやつだ。唐《もろこし》の化け物の仕業だ」と突き出したところで信じてもらえるとは思えず、いっそう怒らせてしまいそうである。

好き勝手なことをして、尻ぬぐいを小次郎に押しつけるあたりは、どことなく、ぽんぽこに似ている気がしないでもない。

小次郎が困り果てていると、白額虎と並ぶ自分勝手なぽんぽこが口を挟んだ。

「宗冬様、お鶴ちゃんを助けてくださるのですか？」

「お鶴？」

宗冬が毒気を抜かれた顔になる。宗冬は娘姿のぽんぽこを見たことがないはずだが、狸娘は気にしない。十年来の友のように馴《な》れ馴《な》れしく話しかけている。

「お鶴ちゃんは四神《しじん》のひとりなのですが、海より深い理由《わけ》がございまして、三神分の土地を守っておりました」

理由も何も、ぽんぽこと白額虎が仕事を押しつけただけである。

「たくさんのところをひとりで守らなければならず、折り鶴で空を飛んでおりましたら、撃ち落とされてしまったのでございます」

元凶は、最初にお鶴に仕事を押しつけたぽんぽこであるように思える。

「宗冬様、お鶴ちゃんを助けてくださいませ。白額虎様も反省しております」

いつの間にやら、すべてを白額虎の責任にし、無理やりに白猫の姿をした化け物の頭を押さえつける。

——ふぎゃん。

雪の中で白額虎が悲鳴を上げた。

力の加減を知らぬぽんぽこに押さえつけられ、白額虎の頭がずぼりと雪に埋もれる。呼吸ができぬのか、ばたばたと肢と尻尾《しっぽ》をばたつかせている。

「娘、猫が死んでしまうぞ」

見るに見かねたのか宗冬は言う。

「お鶴ちゃんを助けると言ってくださるまで、頭を上げません」

頭を下げているのは、ぽんぽこではない。

江戸湾に訳の分からぬ船がやって来て、仲間が捕まったというのに、ぽんぽこには緊張感の欠片《かけら》もない。

「お鶴ちゃんが朱雀なのでございます。雀だけに捕まってしまいました」

ぽんぽこは雀と朱雀を一緒にしている。

訳の分からぬぽんぽこの言葉であったが、事情を知っているからなのか宗冬は理解したらしく、難しい顔で呟《つぶや》いた。

「四神の一角が敵の手に落ちたか」

「困りました」

ぽんぽこは、とりあえず相槌《あいづち》を打っているが、少しも困った顔をしていない。

宗冬は真顔で、ぽんぽこに聞く。

「刀はどうした？」

「何でございましょう？」

本気で忘れているらしい。ぽんぽこは白額虎から手を放すと、自分の顎《あご》に手を当て、ふむふむと考える。

白額虎の頭が雪の中から、ぽこんと飛び出した。

——ぽんぽこ、わしを殺すつもりかッ。

もはや猫の振りはしていない。流暢《りゅうちょう》な人語で狸娘を怒鳴り散らしている。

しかし、暖簾《のれん》に腕押し、糠《ぬか》に釘《くぎ》。ぽんぽこは気にしていない。

「白額虎様、ちゃんと反省致しましたか？」

——反省するのは、おぬしの方だッ。

ぎゃあぎゃあと小うるさい。

いくら柳生の当主でも、猫が人語を操れば驚くはずであったが、宗冬は目を丸くするどころか、白額虎を見てさえいない。ひたすら、ぽんぽこを問い詰めている。

「〝五色の神剣〟を持たされておったであろう」

前に長屋で聞いた守り刀のことであるらしい。

ちなみに、江戸川の守り神〝青龍〟のぽんぽこが持っていたのは〝青刀〟である。水を司《つかさど》る刀と言われている。

一方、東海道を守る白額虎が持っていたのは氷や雪を操る〝白刀〟であるという。

水や氷を自由自在に操るほどの名刀を、この二匹ときたら、お鶴に押しつけたのである。

「〝五色の神剣〟のうち三本が敵の手に渡ったということか。いや、黄泉は最初から敵なのだから、四本だ」

宗冬の顔が、いっそう曇る。

いい加減な二匹と違い、意外に責任感の強い宗冬は、聞けば聞くほど悪くなる事態に困り果てている。

「お鶴ちゃんのせいで困ったことになりました」

――まったくだのう。

身勝手な狸娘と駄猫がしかつめ顔でうなずいた。

第一の亡霊　鬼若子《おにわこ》(弐)

1

――元親、戦《いく》さに参りましょう。

化け物人形の鬼小姫が元親の左肩の上で口を開いた。

軍船からは何もかもが手に取るように見える。

先刻、捕らえた娘の仲間なのだろう。三人と猫の姿が雪原にあった。鬼小姫はこの連中を相手に合戦をはじめるつもりらしい。

わざわざ戦うことはない――。徳川が水軍でも出さぬかぎり、船上の元親の身が危険に晒《さら》されることはあるまい。

手元には〝赤刀〟〝青刀〟〝白刀〟があり、この世に帰してくれた黄泉への義理はすでに果たしている。

もとより黄泉の手下になるつもりはない。このまま土佐へ行き、失われた長宗我部の領土を奪い返してもよかった。

しかし、元親は鬼小姫の言葉に従い、船から下りることにした。雪原からこちらを窺《うかが》っている鼻筋の通った長身の男に見おぼえがあったのだ。

ちょんまげ、ちょうだい――。

相馬蜉蝣流《かげろうりゅう》――。

元親の天下への野望を粉々に打ち砕いた相馬二郎三郎《じろうさぶろう》に生き写しの若い男である。

「これより相馬の首を刈りに参るぞ」

元親は下知《げち》を下した。

自分を殺した男の血筋を生かしておくわけにはいかぬ。

＊

時は遡《さかのぼ》る。

槍《やり》一本で天下を狙う武将が犇《ひし》めき合う戦国の世のことである。化け物人形・鬼小姫を得て、〝鬼若子〟と呼ばれるようになった元親の力をもってしても、天下への道のりは遠く険しいものだった。

並みいる戦国武将の中でも〝尾張《おわり》の悪鬼〟〝第六天魔〟と呼ばれた織田信長《おだのぶなが》の器量はずば抜けていた。

元々、土佐は豊かな国ではない。山ばかりで耕地が少なく、領地を増やさなければ家臣さえも飢えてしまう。織田や他の大名のように、戦さだけしていればよいというわけにはいかない。

ようやく四国平定を目前にして、次は京を狙おうと考える余裕ができたときには、すでに天下の帰趨《きすう》は決まっていた。

元親がぐずぐずしている間に、〝尾張の悪鬼〟こと織田信長が京を手中に収めてしまった。

血筋や家柄を尊ぶという古い考え方の抜けぬ土佐と違い、織田信長の考え方は異人のように進んでいた。

身分にとらわれず、牢人《ろうにん》、果ては百姓までもを武将とし、信長自身も南蛮渡来のビロードのマントを靡《なび》かせ、鉄砲部隊で敵を薙《な》ぎ倒していくのだ。

戦国最強と謳《うた》われた武田の騎馬部隊でさえ、信長には手も足も出なかった。

――敵対するのはやめましょう。

鬼小姫は言った。

この魂の宿った京人形は、別に天下を欲しているわけではない。甚五郎の右腕を斬り落とした家康を殺せればよいのだろう。鬼小姫の目的は徳川を潰《つぶ》すことである。

家康が甚五郎の腕を斬り落とした理由は分からなくもない。

人語を操るだけでも面妖《めんよう》であるのに、鬼小姫は人並み以上に頭が切れ、しかも人を殺すのだ。こんな化け物人形を作れる人間を放っておく武将はいない。

――信長を利用して徳川を討ちましょう。

鬼小姫は言った。

化け物人形に言われるまでもなく、長宗我部家を残すには信長の下に立つしかない。戦って勝てる相手ではなかった。

だが、元親と鬼小姫の目論見《もくろみ》は頓挫《とんざ》する。

鬼小姫は化け物人形であるが、信長は悪夢のように極悪非道な男であった。信長は鬼小姫でさえ騙《だま》した。

よしみを通じていたにもかかわらず、信長は元親と敵対している阿波や伊予の武将と通じ、元親を討つべく四国攻めの準備をはじめたのであった。

話が違うと怒り狂った元親に、信長は涼しい顔で言った。

討たれたくなければ、領土を差し出せ――。

元親は青ざめた。

国を失うということは、兵を失うことを意味する。いくら信長の命令とはいえ、戦国に生きる武将としてうなずけるはずがない。

しかし、今の長宗我部の力では信長を倒すことなど夢のまた夢にすぎぬ。領土を差し出さなければ、一族皆殺しにされるのは明らかである。

自分に逆らった浅井長政《あざいながまさ》の髑髏《どくろ》で酒盛りをしたほどの男である。常人とは何もかもが違っている。

正直なところ、信長に領土を差し出したところで、約束通りに元親の命を救ってくれる保証はどこにもない。長宗我部家を根絶やしにするくらいはやりかねない男だ。

――ひどい男ね。

化け物人形の鬼小姫でさえ、顔をしかめる。

一領具足。

長宗我部軍の主力である。

平時は農民として田畑を耕すが、ひとたび戦さとなると兵士となる。

すぐに合戦の場へと馳《は》せ参じることができるように、田畑を耕すときにも、鎧《よろい》をくりつけた槍を畦《あぜ》に突き立て、いつでも〝戦さ人《びと》〟になる心構えができていた。

元親のためというより、自分の田畑を守るために槍を持つ。

この連中の田畑を守るのが、土佐の領主である元親の役目でもあった。

しかし、今度ばかりは相手が悪い。

退《ひ》いても領土を取り上げられることは目に見えているが、戦ったところで信長に勝てる見込みはない。

眠れぬ夜が続いた。

〝姫若子〟と呼ばれていたころの気弱さが蘇《よみがえ》り、このまま何もかも捨て逃げてしまおうかとも思った。見知らぬ土地で、鬼小姫とひっそりと暮らせばいい。そんなことを考え続けた。

——少し旅に出て参ります。

と、鬼小姫の方が先に姿を消してしまった。

一日二日と経っても鬼小姫は元親のもとに帰って来ない。

（人形にまで見捨てられたか）

元親の唇が卑屈に歪《ゆが》んだ。

力が足りなければ家臣だけでなく家族も去って行く。それが戦国乱世のならいである。二十歳《はたち》をすぎるまで〝姫若子〟と軽んじられていた元親は、味方から愛想を尽かされることに慣れていた。実際、日に日に元親のもとから人が去り続けている。

(もはや長宗我部もこれまでか)

眠れずに湿った布団の中から暗い天井を見上げていると、ぷんと血のにおいが漂って来た。

真っ先に思い浮かんだのは、謀反《むほん》だった。

元親の首を手に、信長に寝返るつもりの家臣がいても少しもおかしくはない。

(好きにするがいい)

そう思いながらも、元親の右手は枕元の刀に伸びていた。人を殺すことに慣れ切った身体が勝手に動くのだ。

しかし、謀反にしては静かすぎる。いつまで待っても家臣どもが部屋に押し入って来る気配はない。その代わり、ずるりずるりとおかしな音が聞こえて来た。閉め切ってあるはずの部屋の中に、ひゅうどろどろと生ぬるい風が吹いた。元親の全身に鳥肌が立った。

がらりと戸が開き、元親の部屋の中に入って来たのは、化け物人形の鬼小姫であった。

——旅から帰って参りました。お土産もございます。

と、鬼小姫は風呂敷包《ふろしきづつ》みを元親の足元に、ぽんと放った。

風呂敷包みから血が滲《にじ》み出ている。先刻から鼻につくにおいは、この風呂敷包みが原因であるようだ。

久しぶりに見る鬼小姫の顔には黒い飛沫《しぶき》のような汚れが見える。問うまでもなく返り血であろう。

——お土産を開けてください、元親。

鬼小姫はうれしそうに言う。

「土産とは何だ？」

——元親の欲しがっていたものです。

鬼小姫は笑い、そして、ゆるりとした手つきで風呂敷包みを解《ほど》くと、それを元親の目の前にさらした。

生首。

風呂敷包みの中から出て来たのは、死ぬ間際に何を見たのか知らぬが、苦悶《くもん》に醜く顔を歪ませた武将の生首である。

しかも、その顔には見おぼえがある。

細面の色白の美男子でありながら、戦国の世の覇者となりつつある男の首がそこにあった。

言葉を失う元親に鬼小姫は言う。

――織田信長の首を取って参りました。


信長が死ぬと、天下統一は秀吉《ひでよし》に引き継がれた。

しかし、秀吉は信長ほど圧倒的な力は持っていなかった。百姓の出ということもあって、家臣にすら軽んじられることもあった。

武将たちの間で一目置かれていたのは、徳川家康だった。

〝律儀な内府《だいふ》殿〟などと呼ばれ、秀吉の下に立ったように見えたが、家康が天下を狙っているのは誰の目にも明らかであった。

四国へ手を伸ばした秀吉と対立したことはあったが、家康憎しで豊臣《とよとみ》と手を組み、元親は秀吉の腹心となった。家康や秀吉に及ばぬまでも、元親も有力な戦国大名のひとりとして力をつけていた。

家康と秀吉の力は均衡していた。

一触即発といいながらも、決戦に踏み切るには、ふたりとも年をとりすぎている。守るものも多かった。元親は秀吉に味方したものの、徳川と豊臣のどちらが天下を取るかに関心はなかった。

元親の望みはただ一つ――。鬼小姫を作ってくれた甚五郎の敵《かたき》である家康を討つことだけであった。

だが、天下を狙う家康だけに、おいそれと隙を見せず、元親は手を出すことさえできなかった。

いっそう厄介なことに、家康のそばには常に影武者の姿があるのだった。

それもただの影武者ではない。

〝ちょんまげ、ちょうだい〟こと相馬二郎三郎。

戦国史上、最も有名な影武者である。

家康の生き写しと言われ、腹心でさえ見分けがつかぬと言われている。だが、相馬二郎三郎の名が売れているのは、家康に似た容貌《ようぼう》のためだけではない。

相馬蜉蝣《かげろう》流《りゅう》と呼ばれる剣術を使い、徳川の邪魔となる戦国武将を斬り殺しているというのだ。

元親も鬼小姫も家康を殺すことができずにいる。

それから歳月は流れる。

慶長《けいちょう》三年、西暦で言うと一五九八年八月、伏見《ふしみ》城で豊臣秀吉が死ぬと、天下は二つに割れた。家康は天下取りに乗り出し、石田三成《いしだみつなり》を始めとする秀吉の遺臣たちと対立を深めていた。

家康を討つには、これほどの好機はない。徳川方につき家康の懐に入ってしまえば、いつでもその首を刈ることができる。

内密に会いたいと家康に密書を送った。日本中の武将が東軍西軍に割れている折、用心深い家康であろうと、元親ほどの武将を無視することはできぬはずであった。

密談であろうと、家康のそばには影武者がいる。

(隙を見て刺し殺せばいい)

勝負は一瞬でつくはずだ。

密書を送り、家康と会う段取りをつけた翌日、元親は鈍《なま》った身体を少しでも鍛え直すため、鬼小姫を肩に乗せ、単騎、土佐の山野を駆けていた。

このとき、すでに家督を息子・盛親《もりちか》に譲ることを内外に宣言していた。元親自身は伏見で、病で寝ついているということになっているので、供廻《ともまわ》りは連れていない。土佐は元親の国で、供廻りを連れる必要も感じなかった。

しばらく馬を走らせたとき、不意に、目の前に陽炎《かげろう》のように淡い影が現れた。

土佐の山中のことで、猟師や百姓が通りかかることなど珍しくもない。向こうが避《よ》けなければ、馬蹄《ばてい》にかけるだけである。

いつものことと元親は馬を止めもしなかった。鬼小姫に至っては、その人影を見ようともしない。

しかし、それが命取りとなった。

すぱん――――――と、風が鳴った。

次の刹那《せつな》、肩に乗っていた鬼小姫の小さな身体が真っ二つに裂けた。

――馬鹿な……。

そんな言葉を残して、鬼小姫は地面に転がり、みるみるうちに一握りの灰と化した。

手綱を触りもしないのに、元親の乗っている馬が立ち止まった。

見れば、合戦で数万の敵兵を前にしても平然としていた愛馬が、すっかり怯《おび》え、膝《ひざ》を震わしている。

鬼小姫を斬り捨て、歴戦の軍馬さえも怯えさせた影の顔が目に映った。

(家康——)

そこにいたのは、次の天下人と世評の高い徳川家康であるように見えた。

(いや、家康にしては若い——)

元親の思考はそこで途切れる。家康にそっくりの影の手から銀色の光が走り、元親の首が胴から離れた。

深い闇に落ちながら、元親は影の声を聞いた。

「ちょんまげ、ちょうだい。訳あって、御首《おんくび》、ちょうだい致した」

徳川家康そっくりのこの男が〝ちょんまげ、ちょうだい〟相馬二郎三郎であるらしい。

2

相手が誰であろうと一対一の立ち合いであれば、小次郎も宗冬も滅多に遅れを取ることはない。

しかし、長宗我部の軍船から下りて来たのは、擦り切れた鎧《よろい》を身につけた〝一領具足〟と呼ばれる数百の兵士たちであった。

「たくさんおります、小次郎様」

ぽんぽこが目を丸くしている。

——あやつらは人ではないのぅ。

白額虎は分かり切ったことを言う。一隻の軍船から、次から次へと煙のように湧いて来る合戦姿の兵士たちが、尋常の人であるわけがない。

妖怪《ようかい》や化け物退治で生計を立てていたはずのぽんぽこでさえ、あまりの兵士の数に困り果てている。

「江戸を捨てて逃げましょう、小次郎様」

——唐《もろこし》へ行くか？

と、ぽんぽこと白額虎は薄情なことを言っている。

「おぬしら、本当に江戸を守る四神《しじん》なのか？」

小次郎はため息をつく。

「もうやめました」

——わしもじゃ。

この二匹は本気で言っているのだろう。

こんな連中が江戸の守り神だと思うと頭が痛くなってくる。しかし、二匹の心持ちも分からぬわけでもない。

「まあ、確かに、ちと相手が悪い」

小次郎の口からも渋い声が飛び出した。

「逃げるのも手だな」

相手が元親ひとりであれば逃げようなどとは思わぬが、雑兵《ぞうひょう》とはいえ、鎧を身につけた数百人が相手となると話が違う。小次郎の腕前云々《うんぬん》ではなく、刀の問題である。

〝人斬り包丁〟と呼ばれ、「折れず、曲がらず、よく斬れる」と言われる刀であるが、実のところ、至って繊細にできている。

たいていの刀は打ち合えば刃が毀《こぼ》れるし、人を斬れば血脂で使いものにならなくなるのだ。硬い鎧に身を固めた数百人もの相手を斬れるわけがない。軍船にいる元親を倒し、お鶴を救うためには、それなりの策略というやつが必要である。

「小次郎様も唐へ参りますか？」

ぽんぽこは逃げ支度をはじめている。

「いや、唐へは行かぬ」

海の向こうの唐まで行く必要はない。いったん引いて、合戦の用意をすればよいだけだ。江戸柳生当主の宗冬がいるのだから、槍《やり》や兵を揃えるのも難しいことではあるまい。

「小次郎様は賢うございます」

ぽんぽこは感心するが、馬鹿でないかぎり誰でも思いつくことであろう。

しかし、馬鹿がひとりいた。

宗冬が刀を一本ぶら下げて斬り込んで行ってしまった。

「土佐の田舎武者どもめ、この宗冬が相手だッ」

ひとりで喚《わめ》き散らしている。

小次郎は頭を抱える。

「あやつは本物の馬鹿なのか……」

他に言いようもない。

「そのようでございます、小次郎様」

——仕方のない男だのう。

ぽんぽこと白額虎にまで、ため息をつかれている。

そもそも、人の子がひとりで数百の化け物を相手にすること自体、命を捨てるようなものだ。

小次郎たちのため息を尻目《しりめ》に宗冬は一人奮戦している。

江戸柳生当主というだけあって、宗冬の刀は土佐の雑兵どもを、すぱんすぱんと斬っていく。

しかし、どんな達人でも数百の鎧武者を相手にできるはずがない。ましてや宗冬は剣術使いであって〝戦さ人《いくさびと》〟ではないのだ。一対一の立ち合いなら滅多に遅れを取るまいが、合戦となると多くの江戸の剣士と同様、まったくの素人である。瞬く間に一領具足どもに取り囲まれた。

相手は死霊《しりょう》――。斬られることを恐れていない。むしろ自らの身体を犠牲に宗冬の動きを止めようとする。

隙を見つければ斬るのが剣士の本能とばかり、宗冬の刀が血を吸い続ける。

「少しは考えぬのか」

小次郎の口から言葉が漏れる。

遠目からも宗冬の刀が血脂で重くなっているのが分かる。

それなのに、宗冬ときたら逃げようとせず、長宗我部元親の旗を目がけ突き進んでいく。振り返りもしないものだから、背中が隙だらけであった。

――あやつは死ぬつもりか。

白額虎が舌打ちする。

土佐の雑兵どもの槍が宗冬の背中に伸びる刹那、西方から馬蹄《ばてい》の音が聞こえて来た。

さらに、馬の嘶《いなな》き声が谺《こだま》する。

「兄者《あにじゃ》ッ」

どこかで聞いた声が雪原に響き渡った。

――馬鹿が増えたようだのう。

白額虎は言った。

見れば、柳生笠《がさ》の馬印《うまじるし》が雪の中、靡《なび》いている。百騎はあろうかという騎馬がこちらに向かって走っている。必死の形相で喚き散らしている男には見おぼえがあった。

列堂義仙《れつどうぎせん》。

宗冬の腹違いの弟にして、裏より柳生を支える裏柳生の当主である。宗冬を軽く見る柳生家にあって、幼きころより慕っているという。その義仙が裏柳生の剣士たちを連れ、表舞台に上がったのだ。

「小次郎様、お馬鹿でございます。お馬鹿がたくさん参りました」

よろこんでいるようだが、ぽんぽこの言うことは無礼である。

狸娘を諫《いさ》める言葉もなく、小次郎の目は義仙に釘《くぎ》づけになっていた。

剣術指南役という華々しい立場にある表の江戸柳生と違い、裏柳生は暗殺を生業《なりわい》とする陰の存在であり、陰にいてこそ価値がある。

それが三桁《けた》の剣士とともに表舞台に出て来ては切腹、下手をすればお家断絶となってもおかしくない。しかも、相手を威嚇するためであろう。柳生の馬印まで掲げている。

宗冬を救うためとはいえ、列堂義仙自らが百の騎馬を率いていては言い訳のしようもなかろう。

「命に代えても兄者を救えッ」

いつもは闇に沈む義仙の声が朗々と響き渡る。従う剣士が義仙の下知《げち》を受けて、疾風《はやて》のように馬で雪原を駆ける。

しかし、裏柳生といえども合戦の経験などない。

宗冬を救おうと、血気盛んに一領具足どもに突進して行くが、宗冬のところに辿《たど》り着く前に屍《しかばね》になっていく。義仙自身の命も、土佐の雑兵に囲まれ風前の灯であった。

「小次郎様」

ぽんぽこが泣きそうな顔をしている。

「馬鹿な連中だ、命を何だと思っておる」

そう言いながらも、小次郎はソハヤノツルギと呼ばれる自分の刀を握り直した。逃げ出す気は失《う》せていた。小次郎自身も、賢くはないようだ――。

今にも駆け出そうという小次郎の前に、白額虎が立ち塞《ふさ》がった。駄猫は小次郎に言う。

——この白額虎様が力を貸してやろう。乗れ。乗れと言われても白額虎は猫にしか見えず、小次郎の体重を支えることなどできないように思える。

小次郎が戸惑っていると、みるみるうちに白額虎の身体が膨れ上がり馬ほどの大きさとなった。いつの間にやら、目つきも凛々《りり》しい白い虎となった。

「すまぬ、白額虎」

小次郎は騎乗する。

白額虎は独り言のように呟《つぶや》いた。

——背に人を乗せるのは、申公豹《しんこうひょう》以来だのう。

3

乱戦となった。

一領具足どもは数で勝る上に、合戦に慣れている。個人の剣技に頼りがちな裏柳生の門弟ひとりに対し、ふたり、三人で押し込んでいく。正面の敵を斬り捨てれば、横から槍が伸び、それを躱《かわ》しても背後から斬られるのだ。なすすべもなく裏柳生の門弟たちは、雪原に屍を晒《さら》すこととなる。

裏柳生の剣士たちが苦戦する中、宗冬はさすがであった。

五人、六人に取り囲まれても、瞬時に、血脂で重いはずの刀で一領具足どもを斬り伏せてしまう。さらに、裏柳生の剣士から馬をもらい受けると、土佐の雑兵に囲まれることもなくなった。

柳生新陰流のみならず、能の奥義をも究めた宗冬は馬上から舞うように敵を斬り裂き、雪原を赤く染めていく。

——ただのアホウではなかったようだのう。

白額虎が感心している。

白虎と化した白額虎は縦横無尽に戦場を駆け回り、小次郎の刀が敵を薙《な》ぎ倒す。土佐の雑兵ごときは小次郎の敵ではなかった。

しかし、きりがない。

斬っても斬っても、次から次へと粗末な鎧《よろい》を身につけた一領具足どもが、どこからともなく湧いてくるのだ。

——これではきりがないのう。早いところ、大将を倒さねばこちらがくたびれてしまうのう。

白額虎の言う通りである。合戦では、いくら雑兵《ぞうひょう》を倒しても意味はない。

小次郎は大将格の男をさがした。

雑兵どもの先に、京人形を肩に乗せた男が立っている。あれが〝鬼若子〟長宗我部元親であるらしい。

耳を澄ませば、元親は呪文《じゅもん》のように何やら呟いている。

オン・ジリチエイ・ソワカ

オン・ジリチエイ・ソワカ

――あやつ、印《いん》を使うのか。

白額虎が言った。

古来、密教を究めた者は、印を結び真言《しんごん》を唱えることによって、神仏の力を借りることができるという。戦国武将の中には、天下を取るために神仏の力を利用した者も少なくなかった。

元親が唱えているのは、破壊、不幸、災禍をもたらす死霊とも観念されている羅刹天《らせってん》の真言である。

元親が真言を唱えるたびに、空間が歪《ゆが》み、そこから土佐の雑兵どもが次々と姿を現している。

――あやつを倒さなければ、勝ち目はなかろう。

白額虎は言う。

その声が聞こえたのか、肩に乗せている京人形が小次郎を見て、地獄の底から響いて来るような声で言った。

――あの男が近くにいるわ、元親。

京人形の声は小次郎の耳を打つ。

「鬼小姫か」

小次郎は昔話に聞いた京人形の名を呼んだ。

長宗我部元親に憑依《ひょうい》している京人形〝鬼小姫〟の話は、祖父・二郎三郎から聞かされていた。

鬼小姫は小次郎を見つめながら言う。

――元親、あそこに家康がおるわ。わらわたちを殺した男がおるわ。

離れているのに、鬼小姫の声はよく聞こえる。

白額虎が怪訝《けげん》な顔で小次郎に聞く。

——家康だと？　小次郎、おぬしは何者なのだ？

黙っているわけにはいかぬらしい。

しかし、説明している暇はなかった。

「家康の首を上げよ」

元親の怒声とともに、一領具足どもが束となり小次郎に目がけ殺到した。だが、攻守は裏表。どこかに集中すれば、必ず隙が生まれる。

元親の周囲の人壁が消えた。

すかさず宗冬の馬が矢のように斬り込む。

「長宗我部元親、きさまの首は江戸柳生当主・宗冬がもらい受ける」

宗冬の大音声《だいおんじょう》が冬の大気をびりびりと震わせた。

——おかしな男がやって参りましたね。

鬼小姫は呟くと、どこからともなく刀を抜き、元親の肩からたたんと飛翔《ひしょう》し、歌うように言う。

——元親、久しぶりに首を刈って参ります。

言い終わらぬうちに、くるりくるりと宙を舞いながら鬼小姫は宗冬に斬りかかる。見かけこそ面妖《めんよう》であるが、相手はたかだか京人形である。焦る必要などどこにもない。柳生新陰流を究めた宗冬は落ち着いていた。

「化け物、推参なり」

宗冬の刃《やいば》が鬼小姫に走る。

稲妻のような太刀が鬼小姫を斬り裂いたかに見えた、その瞬間、京人形の姿がすとんと沈んだ。

「どこに行った？」

宗冬には見えぬらしい。

――ここにおります。鬼小姫は言った。

鬼小姫は宗冬のすぐ真下にいた。地面に二本の足で立ち、京人形の身体に似合わぬ大太刀を横殴りに振り抜く。

ばさりと肉を斬り骨を断つ音が聞こえた。

馬の脚が斬られ、天を劈《つんざ》く断末魔の嘶《いなな》き声とともに、がくりと倒れる。

宗冬の身体が雪上に放り出された。

並の武士であれば、無様に転がるところだが、宗冬は身軽な猫のように宙で身を捻《ひね》ると着地した。次の瞬間には、刀を青眼《せいがん》に構えている。

「この化け物が」

宗冬は吐き捨てると、鬼小姫に打ちかかった。

能と剣術で鍛え上げた宗冬の足は、足場の悪い雪の上を物ともしない。能の修行に濡《ぬ》れた和紙の上を歩くものがある。もともとは忍びの修行の一つであったこの鍛錬を宗冬は得意とし、破くことなく、濡れた和紙の上を自由自在に駆けることができたという。宗冬にしてみれば、雪の上など道場の床と変わりがない。

力強い踏み込みで、鬼小姫に刀を打ち込んでいく。

小柄な京人形だけあって、動きは素早いが、やはり鬼小姫の刀撃は今一つ力がない。宗冬の隙を突いて斬りかかっても簡単にあしらわれてしまう。一対一の立ち合いでは、とうてい宗冬の敵ではないようだ。

宗冬は言う。

「化け物は化け物らしく、あの世とやらへ参れ」

そして、刀をだらりとぶら下げ、今までと足取りを変えた。

まるで舞いでも踊るように、
つつつ――――と、鬼小姫の方へ滑り歩いた。

宗冬の刀が風に撓《しな》る柳の枝のように伸び、ぱきんッと化け物人形・鬼小姫の刀を虚空に弾《はじ》き飛ばした。

「柳生新陰流、柳陰」

宗冬の言葉が聞こえた。

「次で終わりだ」

宗冬は言う。

丸腰となった鬼小姫相手でも、宗冬は容赦がない。再び、刀をだらりとぶら下げると、つつつと歩み寄った。

鬼小姫は蛇に睨《にら》まれた蛙のように動くことさえできない。

「二度とこの世に迷い出ぬように、この宗冬が成敗してやろう」

宗冬の身体が、ぐにゃりと撓った。

「柳生新陰流、柳陰」

柳の枝のように伸び、鬼小姫を刺し貫きかけたとき、どこからともなく現れた槍《やり》が宗冬の刀を叩《たた》き落とした。

いつの間にやら、朱槍を片手に馬に跨《またが》った長宗我部元親が鬼小姫と宗冬の間に立っている。

元親は馬上から言う。

「宗冬とやら、鬼若子が相手だ」

宗冬は叩き落とされた刀を拾い上げると、静かな口振りで呟《つぶや》くように言った。

「〝鬼若子〟長宗我部元親か。本物かどうか知らぬが、その槍さばきを見るに、ただの鼠ではあるまい。――よかろう。柳生の刀の錆《さび》にしてくれる」

宗冬は刀一本で元親に斬りかかって行く。

――宗冬とやらは何を考えておるのだ……。

一領具足どもを蹴《け》散《ち》らしながら、白額虎が呆《あき》れている。

それも当然のことで、騎馬相手に刀で戦って勝てるはずがない。ましてや、相手は戦国にその名を響かせた〝鬼若子〟長宗我部元親なのである。

宗冬はしきりに必殺の一撃をくり出すが、案の定、元親の身体には届かない。

逆に、元親の朱槍は長く、馬上から宗冬を傷つけていく。

元親は老獪《ろうかい》であった。一気に攻めれば必ず隙が生まれる。見た目は若い元親だが、信長や秀吉と渡り合った古武士だけあって、急いで攻めようとはしない。じわりじわりと宗冬の血を奪うつもりなのだろう。

助けに行こうにも、小次郎は土佐の雑兵《ぞうひょう》どもに囲まれ身動きが取れない。

――まずいのう。

白額虎も血まみれとなった宗冬を見ている。もはや宗冬は戦うどころか口を開く元気もないようだ。すっかり静かになっている。

「口ほどにもない」

元親は朱槍をくるりと回した。

「ここまでだ、柳生」

と、元親の朱槍が、ぐさりと宗冬の右肩を刺し貫いた。

「くっ」

宗冬の顔が歪《ゆが》む。

持っていられなくなったのか、宗冬の手から刀がぽろりと地面に落ちた。

その刀を鬼小姫が拾い上げ、そして笑いながら言う。

――わらわが首を刈って差し上げましょう。

元親と鬼小姫に挟まれ、宗冬は逃げることさえできず、正真正銘の棒立ちとなっている。

――御首《おんくび》、ちょうだい致します。

鬼小姫の刃が宗冬の首に迫る。

と、そのとき、突然、

すぱん――――と、何かを斬る音が響いた。

余りの鋭い音に元親や小次郎までもが動きを止めた。

いつの間にか、鬼小姫の首が消えていた。

見上げてみると、鬼小姫の首が宙を舞っている。

一拍置いてその首は、どさりと地面に落ち、動かなくなった。すぐ近くに剝《む》き出しの脇差しが転がっている。誰かが小刀を投げ、鬼小姫の首を刈り取ったらしい。

小次郎だけではなく、宗冬や元親も狐につままれたような顔で黙り込んだ。一領具足の雑兵どもの動きまでが、ぴたりと止まった。誰ひとりとして何が起こったのか分からぬようである。

いつからか、再び、ちらちらと粉雪が降りはじめている。

――あちらに何かいるのう。

白額虎が雪原の端にある雑木林に目をやる。小次郎も、その気配を捉《とら》えた。人の気配がある。

肌を刺すような静寂の中、雑木林の奥から、
ぴいひゃらら――

――と、笛の音が聞こえて来た。

霧のように細かい粉雪の中、白装束に身を包んだ流れる黒髪の美童が現れた。鬼小姫の首を刈ったのは、この美童に違いあるまい。

「ふざけおって」

元親が美童に向かって、ただ一騎、馬を走らせる。鬼小姫を殺した美童を朱槍で突き殺すつもりなのだろう。

馬蹄《ばてい》を響かせ、迫り来る元親に気づかぬはずはないのに、美童はぞくりとするほどの美しい顔を歪めもせず、ぴいひゃらぴいひゃらと笛を吹き続けている。元親など眼中にないと言わんばかりである。

「槍の錆にしてくれるッ」

と、元親は美童の喉《のど》へ目がけ朱槍を繰り出した。四国を制覇した鬼若子だけあって、そ

の槍さばきは見事で、一本の槍が十本にも二十本にも見える。

「死ねッ」

元親の声が響き、空《くう》を裂きながら、何十本もの槍が一斉に美童の喉へ殺到した。

ようやく美童は笛を口から離すと、独り言のように呟いた。

「戦国武将というのは、その程度ですか」

そして、ふわりと宙に浮き、美童は易々と朱槍を躱《かわ》した。化け物のように身が軽い。

必殺の一撃を躱されたというのに、元親はにやりと笑う。

「馬鹿め。合戦の最中に跳んだり跳ねたりする愚《ぐ》があるか」

屋根ほどの高さに浮いている美童を突き殺そうと、元親は朱槍で狙いを定める。

人の身体には翼も羽もないのだから、そのまま さらに舞い上がることも、どこかに飛んで行くこともできない。ただ落下するだけである。すなわち、宙に跳べば逃げ場はなくなってしまう。

美童を目がけ、元親の朱槍が走る。

朱槍が美童の身体を貫くはずであった。

しかし、朱槍は美童に届かない。美童の手から鈍色《にびいろ》の光が走り、すぽんという音を残して元親の槍の穂先が飛んだ。

「な、何だと？」

元親の声が凍りつく。

いつの間にか、美童は笛の代わりに大太刀を手にしている。鈍色の光はこの大太刀を走らせた残像であるようだ。

美童は目立つ刀を持っている。刃長四尺七寸八分、〝出雲守永則《いずものかみながのり》〟の銘を持つ柳生一族に伝わる大太刀である。

力自慢の剣士でさえも構えることはできぬほどの長大な刀を、この女のように細い美童は自分の手足のように使いこなしている。

――人の子ではないのか、あやつは。

白額虎が呆れている。

もちろん、美童は化け物でも戦国の悪霊でもない。正真正銘の人の子である。剣術の達人を名乗る者の多い江戸にあっても、〝柳生の大太刀〟をここまで使える男などひとりしかいない。

「きさまも地獄から蘇《よみがえ》った化け物か？」

元親の声はかすれている。平和な江戸の世に、易々と自分を倒す男がいるなどと思ってさえいなかったのだろう。

美童は元親の問いに答えず、静かな声で言った。

「柳生に手を出した罰です」

大太刀が振られ、元親の身体が斬られた。地べたに崩れ落ち、ゆっくりと元親の姿が溶けて行く。

元親の身体が消えると、一領具足の雑兵どもの姿も消え、江戸湾に浮かんでいた軍船も忽然《こつぜん》と姿を消した。

「終わりのようですね」

美童は独り言のように呟《つぶや》いた。

血まみれの宗冬が啞然《あぜん》とした顔で棒立ちになっている。立っているのが不思議なくらいの深手である。

美童が歩み寄り、心配そうに宗冬の顔を覗《のぞ》き込む。

「大丈夫ですか、叔父上《おじうえ》」

美童——柳生廉也は言った。

4

「廉也様、廉也様」

ぽんぽこが喚《わめ》きながら美童に駆け寄る。先の偽の〝ちょんまげ、ちょうだい〟の一件で知り合って以来、すっかり廉也に懐いている。

柳生廉也。

この美童の名である。剣豪・柳生十兵衛を父に持ち、戦国随一の忍び・風魔小太郎の血を引く蓮を母に持つ少年である。

父・十兵衛や小次郎を凌《しの》ぐほどの剣術使いであるが、生まれつき病弱で、男とは思えぬほどに細く、抜けるような色白の肌を持っていた。髷《まげ》も結わず、女のように髪を伸ばしている。後ろ姿は美しい女そのものに見える。

「ぽんぽこ殿、お元気そうで何より」

と、廉也は狸娘の頭を撫《な》でてやったりしている。

情け容赦なく戦国の悪霊を斬り伏せた男には見えない。

廉也は小次郎に軽く挨拶《あいさつ》をすると、膾《なます》に刻まれかけた宗冬を見てため息をつく。

「叔父上、無茶をされては困ります」

かつて宗冬を父・十兵衛の敵と狙ったこともあった廉也だが、先の偽の〝ちょんまげ、ちょうだい〟事件で柳生に一矢報いて気が済んだのか、わだかまりのない口振りで話しかけている。

「長宗我部はわたしに任せるのではなかったのですか？」

廉也は〝柳陰〟の伝授をそう受け取ったらしい。

「きさまごときに任せられるかッ」

宗冬は怒声を上げる。

宗冬としては、色々と考えた挙げ句、廉也に柳生を任せて、自分は死ぬつもりでいたのだろう。この男はこの男なりに地獄を見ている。

「叔父上――」

「うるさいッ。黙っておれッ」

決まり悪そうに廉也を怒鳴りつける。

騒ぎを聞きつけ列堂義仙が、傷だらけの姿でやって来た。

義仙は詳しい事情を何も知らぬらしく、戸惑っている。

「兄者、この方々はいったい……？」

「うるさいッ、きさまも帰れッ。裏柳生が表に出て来るでないッ、この馬鹿者めッ」

と、宗冬は助けに来てくれた義仙を追い払う。宗冬も宗冬なりに義仙に害が及ばぬよう気を遣っているのであろうが、いかんせん興奮しすぎている。

義仙は喚き声を上げる宗冬を見て、「これなら死ぬことはあるまい」と呟いた。そして、狐につままれた顔つきながら小次郎と廉也に一礼すると、裏柳生の手下たちを連れて帰って行った。

「馬鹿者めがッ」

宗冬はまだ喚いている。どうにも、うるさい男である。

廉也は駄々っ児《こ》を相手にしているように、宗冬に言う。

「早く手当てをしなければ、身体に障ります、叔父上」

「無用だ」

と、宗冬は廉也を振り払うように言うが、元親に朱槍《しゅやり》で刺された右肩からは血がどくどくと流れ続けている。誰の目にも、このまま放っておけば死んでしまうであろうことは明らかであった。

「叔父上、柳生の屋敷へお帰りくだされ」

廉也が困り果てている。

「きさまごときの指図は受けぬッ」

宗冬は言うことを聞かない。

——面倒くさい男じゃのう。

すでに白猫の姿に戻っている白額虎が呟いた。

今さらのように、宗冬が目を見開く。

「なぜ、猫がしゃべるのだ?」

長宗我部の亡霊どもと戦うことに夢中で、今の今まで気づかなかったらしい。

まじまじと白額虎を見つめた後、再び、宗冬が喚き出す。

「化け物め、性懲《しょうこ》りもなく現れおったな。この柳生宗冬が相手だッ」

「叔父上、その猫は敵ではありません」

と、廉也は言うが、宗冬は聞いていない。

「尋常に立ち合えッ」

白額虎相手に騒ぎ立てている。

――面倒な上に、うるさいのう。

白額虎は顔をしかめ、ぽんぽこに言う。

――どうにかしろ。ぽんぽこ、おぬしの知り合いであろう。

知り合いと言っても、殺し合いかけたくらいで、たいした仲ではない。

それでも、ぽんぽこは「はい、白額虎様」と言うと、わあわあと騒ぎ続ける宗冬を尻目《しりめ》に、どこからともなく、一枚の枯れ葉を取り出した。そして、その枯れ葉をちょこんと頭の上に載せ、忍者のように両手で印《いん》を結んだ。

錦絵《にしきえ》の美少女にも劣らぬ美貌《びぼう》のぽんぽこが、真面目な顔で枯れ葉を頭に載せている姿は滑稽《こっけい》であった。

しかし、状況が状況だけに笑っていいものかも分からず、宗冬以外の誰もがぽかんと口を開けて狸娘の姿を見ている。

「これ、ぽんぽこ」

小次郎は止めようとするが、術に集中しているぽんぽこは聞いていないのか返事もしない。

やがて、印を結んだ両手から、もくもくと白い煙が湧き上がり、ぽんぽこを覆い隠す。すっかり、狸娘の姿が隠れたころ、

「ぽんぽこ」

と、白煙の中からぽんぽこの声が聞こえた。

どろんと白煙が渦を巻き、そして晴れていく……。

その中から現れたのは、大八車ほどもあろうかという大きな玉子焼きだった。

狸娘のぽんぽこが化けることを小次郎は承知しているが、何を考えて玉子焼きに化けたのか、とんと分からない。

「何をしておる、ぽんぽこ」

　とりあえず聞いてみた。

「玉子焼きでございます。ぽんぽこは玉子焼きを愛しております、小次郎様」

　そんなことを聞いているのではない。

「あのなあ、ぽんぽこ――」

　と、言葉を重ねようとしたが、すでにぽんぽこ玉子焼きは小次郎の目の前にいなかった。宙に浮かび、ふらふらと宗冬の方へ飛んで行く。

　宗冬は白額虎と廉也相手に喚き散らすのに忙しく、近づいて来る巨大なぽんぽこ玉子焼きに気がつかない。廉也は目を丸くして空飛ぶ玉子焼きを見ている。玉子焼きは明らかに宗冬を狙っている。

　しかし、いくら巨大とはいえ、たかが玉子焼きである。これが化け物の類《たぐい》であれば退治するだろうが、相手が玉子焼きでは斬ったところで食べやすくなったと感謝されるだけであろう。廉也はどうしていいのか分からぬらしく、戸惑っている。

「叔父上《おじうえ》……」

　と、中途半端に呼びかけたが、頭に血が昇っている宗冬の耳には届かない。宙に浮かんでいるぽんぽこ玉子焼きに気づいてすらいない。

「廉也、おまえは化け猫の味方をするのか？　ならば、一緒に成敗してくれるッ」

白額虎も廉也も、宗冬の言葉を聞いていない。すっかり巨大な空飛ぶ玉子焼きに気を取られている。

ぽんぽこ玉子焼きは宗冬の頭上で、ぴたりと止まった。

「叔父上、危のうございます」

さすがの廉也も慌てている。

だが、玉子焼きに気づかぬ宗冬は分かっていない。何を勘違いしたのか、廉也相手に説教をはじめた。

「危ない？　剣士として生まれたからには、いつ何時斬りつけられても文句は言えぬと心得よ」

「斬られることはないと思いますが……」

「何だと？　廉也、おまえは斬られる覚悟もないのに刀を持っているの――」

その後の言葉を聞くことはなかった。

「失礼致します、宗冬様」

と、ぽんぽこ玉子焼きが宗冬を目がけ、すとんと落下した……。

いる。

「これで一件落着でございます」

娘の姿に戻ったぽんぽこが言った。

足元には、ぽんぽこ玉子焼きに押し潰《つぶ》されかけ、気を失っている宗冬の身体が転がっている。

——確かに静かになったのぅ。

白額虎がため息混じりに呟《つぶや》く。

「かたじけない、ぽんぽこ殿……」

曖昧《あいまい》な顔で廉也が頭を下げた。例によって礼儀正しい廉也であるが、実際のところ、礼を言うべき場面なのか分からぬに違いない。

「困ったときにはお互い様でございます」

「なるほど……」

お互い様というよりは、一方的に廉也が困っているようにしか見えない。

「とりあえずだ——」

小次郎は口を挟んだ。ぽんぽこのやることの理屈を考えていては日が暮れてしまう。

「宗冬を屋敷に運ぶとするか」

と、担ぎ上げた。

小次郎や廉也を尻目に、ぽんぽこと白額虎が何やら言葉を交わしている。

「柳生様のお屋敷でございますか。将軍家剣術指南役のお家でございますねえ」

――よく分からぬが、金持ちそうだのう。旨《うま》いものにありつけるかもしれんのう。

「きっと玉子焼きがございます」

ぽんぽこは決めつけている。

――玉子焼きというのは旨いのか？

「この世でいちばん美味《おい》しゅうございます」

――ほう。それは楽しみだな。

「はい」

と、脳天気な妖《あや》かし二匹が勝手に盛り上がっている中、突如、江戸湾から悲鳴が聞こえて来た。

「助けてくださいませッ」

見れば、ばしゃばしゃと三本の刀を背負った娘が溺《おぼ》れかけている。四神《しじん》の一角、朱雀である。

「お鶴ちゃんのことを忘れておりました」

ぽんぽこは言った。

第二の亡霊　甲斐《かい》の虎

1

荒れ寺が並ぶ神田の外れに廉也の塒《ねぐら》はある。

古びて今にも崩れそうな破れ寺であるが、寺の中に入ると昔の造りだけあって滅多矢鱈《めったやたら》に広い。

柳生の屋敷に宗冬を届けた後、小次郎たちは廉也の住む寺に集まっていた。寺の中を白額虎とお鶴が物珍しそうに見回している。

「お姿が見えぬと思ったら、そんなことをしていらっしゃったんですか」

絵草子の弁慶《べんけい》のような僧形《そうぎょう》の大男——善達が廉也に文句を言っている。

時が時なら柳生家を継いでいるはずの廉也は身体が弱い。血を吐くこともあると聞く。

今も、雪の残る寒い中で無理をしたためか、しきりに咳《せ》き込み、ただでさえ白い肌がいっそう青白く見える。

「お身体に障りますぞ」

善達の顔は渋い。

「そんなことを言っている場合ではありません、善達」

善達の文句をするりと廉也は躱《かわ》す。

「柳生家どころか江戸が滅びる瀬戸際です」

この言葉は大げさではない。

江戸の町を風魔小太郎が狙っているのだ。万一、四神の結界が破られたら、江戸は悪霊や地獄の鬼どもに占領されてしまう。

それにしても困ったことになった――。小次郎は、内心、舌打ちする。

どんな術を使ったのか知らぬが、まさか風魔小太郎が戦国武将を地獄から呼び出すとは思ってもみなかった。戦国武将の中には、相馬を恨んでいる連中も少なからずいる。小次郎を目の敵《かたき》にするであろうことは容易に想像できた。

面倒はそれだけではなかった。

戦国の亡霊どものせいで、祖父の二郎三郎が蓋《ふた》したはずの箱が開いてしまった。この箱の中から何が飛び出すか、小次郎にも読めなかった。

黙り込む小次郎に白額虎が話しかける。

――おぬし、何者なのだ？　何を隠しておる？

元親と鬼小姫が小次郎を「家康」と呼んだことをおぼえているらしい。

小次郎を見る廉也や善達の視線がひりひりと痛い。

「小次郎様……」

何もかも知っているぽんぽこが心配そうな顔をしている。

「心配するでない。大丈夫だ」

と、言ってやるが、ぽんぽこの顔は晴れない。きっと小次郎自身の顔も、ぽんぽこと同じように憂鬱《ゆううつ》に曇っているのだろう。

狸娘の心配顔を見ると、あの日のことを思い出す。

相馬時国《ときくに》に殺されかけた日のことを――。


今となっては昔のことだが、戦国のころ、小次郎の祖父・二郎三郎は、〝東海道一の弓取り〟と呼ばれた徳川家康の影武者を務めていた。〝ちょんまげ、ちょうだい〟という二つ名を知る者も多い。

家康の腹心や側室でさえ、二郎三郎と家康を見分けることができなかった。顔かたちや背恰好《かっこう》だけでなく、身に纏《まと》う雰囲気さえも家康にそっくりであったという。影武者でありながら、歴史にここまで名を残した男は珍しい。

しかし、この相馬二郎三郎には、さらなる秘密があった。

相馬二郎三郎というのは仮の名にすぎない。二郎三郎は別の名を歴史に残している。

徳川信康《のぶやす》。

松平の里で〝岡崎《おかざき》三郎〟もしくは〝次郎三郎〟と呼ばれていた男である。

家康、秀忠《ひでただ》、家光《いえみつ》の三代に亘《わた》って仕えた大久保《おおくぼ》彦左衛門《ひこざえもん》が著した『三河《みかわ》物語』によると、信康は永禄《えいろく》二年、西暦でいうと一五五九年に生まれたことになっているが、実のところは不明である。

信康は信長にその器量を嫉妬《しっと》された挙げ句葬り去られたことになっているが、信長が信康を殺そうとした理由はそれだけではない。

信康には暗殺者としての顔があった。

今でこそ徳川家といえば、朝廷でさえ逆らえぬ貴顕であるが、もともとは取るに足りぬ三河の小大名にすぎなかった。

家康の嫡子といったところで、戦国の世では、そもそも徳川そのものが滅びることもあり得る。弱肉強食の世の中を生き延びるためには、敵を倒すしかない。

剣術や砲術をはじめ武芸諸般に精通していた家康の血を引いた信康は、徳川の邪魔となる戦国武将を闇の中から殺し続けた。

岡崎城に住んでいると言いながら、信康は何人もの武将を闇に葬り去っている。

三河の小大名から天下を脅《おびや》かすまで徳川家が成長したのは、信康の力によるものとも言える。

いち早く信康の陰の顔に気づいたのは織田信長だった。おのれの身の危険を感じた信長は難癖をつけて、信康に切腹を命じる。

信康を葬り去ろうとしたまではよかったが、結果的に暗殺者を野に放ってしまうことになる。

いくら信長の命令でも、〝戦国一の狸〟と呼ばれた家康が、簡単に自分の息子を殺すはずはない。

信康を切腹させることを命じられたのは、何代か前の伊賀の服部半蔵だった。

忍びに介錯《かいしゃく》を命じたのは、信康を逃がすために他ならない。信長に切腹の証拠を求められたとしても、身代わりの首などいくらでも用意できる。わざわざ馬鹿正直に信康を殺す必要はない。

服部半蔵の手で生き延びた信康は、表舞台からいったん姿を消す。

再び、家康の影武者として姿を現すまで、どこで何をしていたのか知る者はいない。服部半蔵との関係から、伊賀の隠れ里で忍びと剣術の修行をしていたという噂もあったが、誰ひとりとして本当のことは知らなかった。

ただ〝徳川信康〟を捨て、〝相馬二郎三郎〟を名乗るようになって以来、無敵の剣術使い〝ちょんまげ、ちょうだい〟となり、影武者の名の通り、表舞台に立つことなく家康の天下取りに尽力した。

そして、大坂の陣で豊臣を滅ぼすと、煙のようにその姿を消して二度と徳川家の前に現れることはなかった。

＊

「お待ちください、小次郎殿」

と、これまで黙って話を聞いていた廉也が口を挟んだ。先刻までと、どこか口調が変わっている。

「それでは、小次郎殿は家康公の曾孫《ひまご》なのですか？」

今さら否定しても仕方がない——。小次郎はうなずいた。ぽんぽこが食うに困ると、ぐるぐるぐるると腹を鳴らしながら「小次郎様、お城を頼りましょう」と言うのも小次郎の出自を知ってのことである。

「なぜ、用心棒暮らしなどやっておられるのですか？」

自分だって、柳生の御曹司《おんぞうし》でありながら破れ寺に暮らしているくせに、廉也は不思議そうな顔をする。

「うむ」

小次郎は曖昧《あいまい》な返事をする。気楽な用心棒暮らしを気に入っていたし、今さら名乗り出たところで、信康が生きていたことを知る者は少なく、ましてや小次郎の言葉を信じる者はいないだろう。無用の混乱を引き起こすだけである。口先では「お城を頼りましょう」と言っているが、ぽんぽこが城の暮らしに馴染《なじ》めるとは思えぬ。

それに、小次郎にはすべきことがあった。

祖父・二郎三郎を殺した相馬時国を討たねばならぬ。小次郎がいまだに刀を捨てぬのも、時国のことを忘れられないからである。

——相馬時国というのは誰なのだ？

白額虎の問いかけに、小次郎は正直に答える。

「相馬二郎三郎の子——、つまり、それがしの父でござる」

徳川家康の血を引いている父・時国は、今も将軍の座を狙っている。

2

どんな化け物が、どこに現れるか分かったものではない——。こんなとき忍びというやつは便利である。小次郎は長屋の隣に住む、元柳生忍びの佐助を呼び寄せた。

戦国武将の亡霊が現れた一件を話すと、佐助は静かにうなずいた。

「おかしな影がいくつかあるようです」

聞けば、佐助は江戸中どころか津々浦々に、情報を得るための手蔓《てづる》があるらしい。

「詳しい話を聞いて参ります」

佐助は無駄口一つ叩《たた》かず、雪の江戸へ姿を消した。

ぽんぽこも江戸中の化け猫と顔見知りであったが、妖《あや》かしになろうと猫は猫で、人のやることに興味がないらしく、今回の一件でもまるで役に立たぬ。

それでも念のため、ぽんぽこも化け猫連中に話を聞いて来たらしいが、

「小次郎様、長屋の裏にあるお魚屋さんは、古いお魚を売っているそうでございます。ひ

どい話でございますね」

と、今回の一件と関係のない情報しか仕入れて来ない。

結局、佐助の帰りを待っているだけであった。

待つまでもなく佐助が帰って来た。あっという間に、佐助は今回の一件を調べ上げてしまったのだ。先の偽の〝ちょんまげ、ちょうだい〟事件に続き、佐助の忍び働きは冴《さ》えている。

「柳生も色々なのですね」

同じ柳生でも表と裏は違うのか、廉也と善達は佐助の働きに舌を巻いている。

佐助本人は百姓上がりの下忍《げにん》だと言うが、偽の〝ちょんまげ、ちょうだい〟の一件での働きといい、ここまで手練れの忍びは昔話にさえ滅多にいないように思える。

「そなた、本当にただの下忍なのか？」

佐助の技を知る小次郎には信じられない。

「買い被《かぶ》りすぎでございます、小次郎様」

謙遜《けんそん》しながらも佐助は敵の姿を摑《つか》んでいた。

戦国武将が蘇《よみがえ》るという奇っ怪な状況に遭遇しているというのに、眉《まゆ》一つ動かさず佐助は淡々と報告する。

「富士の山に騎馬部隊が見えたそうです」

十中八、九、長宗我部元親に続く新手の戦国武将の亡霊に違いあるまい。

「富士の山ということは、玄武ですね」

廉也は今すぐにでも立ち上がろうとしている。叔父《おじ》の宗冬の代わりに柳生の看板を守るつもりなのだろう。

善達が止めたそうな顔を見せたが、言い出したら聞かぬ廉也である。

「すぐに参りましょう」

さっさと支度をはじめる。

「まったく、十兵衛様より手のかかる」

と、文句を言いながらも、善達も刀を携え戦《いく》さ支度をはじめた。一緒に富士の山へ行くつもりらしい。

もちろん小次郎も行くつもりであったが、ちらりと横を見ると、ぽんぽこと白額虎が二匹揃って小さな顔の眉間《みけん》に皺《しわ》を寄せている。

小うるさい二匹の妖かしが、「富士の山」と聞いてから黙り込んでいる。

小次郎は聞く。

「どうかしたのか？」

すると、二匹は口々に喚《わめ》き出した。

「ぽんぽこは留守番をしております」

——わしはそろそろ唐《もろこし》に帰らぬとならぬ。富士の山に行きたいのは山々であるが、残念だのう。

「白額虎様、卑怯《ひきょう》でございます」

——卑怯もお経もあるものか。

「では、ぽんぽこも唐に帰ります」

——おぬしと唐は関係なかろうが。

「ぽんぽこの心の故郷《ふるさと》でございます。唐の玉子焼きは美味《おい》しゅうございました」

二匹とも富士の山に行きたくないらしい。ぐだぐだと何やら言っている。

行きたくないものを無理に連れて行っても仕方がない。

「おぬしら、この寺で待っておるか？」

と、小次郎は聞いた。

二匹はこそこそと相談をはじめる。

「どう致しましょう、白額虎様」

——行かずに済むのなら越したことはないのう。

「でも、そのうち見つかります。そして、叱られます、白額虎様」

——うむ。ならば、小次郎たちと一緒の方がよいか。

「はい。きっと小次郎様が謝ってくださいます。家賃が払えず、毎月のように謝っておりますから、小次郎様に任せておけば大丈夫でございましょう」

——さすが相馬蜉蝣《かげろう》流じゃ。頼りになるのう。

ぽんぽこと白額虎も、一緒に富士の山に行くようである。

訳が分からぬまま、一行は富士の山へ向かった。

＊

美しい姿を見せる富士の山は、江戸っ子の自慢の一つである。〝富士〟は〝不死〟にも通じると富士の山を信仰の対象とする者も少なくない。

一方、麓《ふもと》に広がる樹海は、一度迷ったら出て来ることができず、地獄の扉と繋《つな》がっていると言われている。そのためか、滅多に近づく者はおらず、樹海のすぐ手前に見える雪原に人影があることは珍しい。

四神《しじん》のひとりとして、この富士の山を守っているのが〝玄武〟こと真武玄《しんぶげん》であった。

　玄は頭を丸め黒衣を身にまとい、首に大きな数珠《じゅず》をぶら下げている。そんな恰好《かっこう》をしていることもあって、玄の姿は修験者《しゅげんじゃ》のようであった。

　他の四神――ぽんぽこや白額虎、お鶴と違い、玄は化けることも妖術《ようじゅつ》を使うこともできなかった。いつも持ち歩いている五剣の一つである〝黒刀〟を武器に富士の山から江戸を守っている。

　富士の山やその麓には、普段から鬼や地獄の亡者が歩いている。家康が江戸に幕府を開くまでは数え切れぬほどの鬼や亡者が歩いていたが、人が増えるに従って富士の鬼や亡者の数は減っていた。

　その鬼や亡者の数が、ここ数日、急増している。

　結界が破られ、よくないものが江戸に入り込んだらしい――。玄は異変を感じ取った。見慣れた鬼や亡者とは比べものにならぬほどの大きな邪気が漂っている。しかも、その邪気は玄を誘うように甲斐《かい》の国の方から流れて来る。

「放っておけぬな……」

　玄は言う。

　きらきらと細かく降り続ける粉雪の中、玄は甲斐の国へ抜ける道を駆けた。険しい富士の山で鍛え上げた玄の足は歴戦の軍馬のように速い。

すぐにおかしな気配の原因に行き着いた。

「何だ、あの連中は？」

玄の口から独り言が零《こぼ》れ落ちた。

白銀の粉雪の中、黒地に金の文字で抜かれた軍旗がはためいている。目を凝らすまでもなく、その文字が視界に飛び込み、玄の脳裏に焼きついた。


〝疾如風、静如林、侵掠如火、不動如山〟


疾《はや》きこと風の如く、静かなること林の如く、侵掠《しんりゃく》すること火の如く、動かざること山の如し――。

風林火山、武田《たけだ》信玄《しんげん》の騎馬部隊が江戸の世に現れたのだ。長宗我部元親とは比べものにならぬほど、武田信玄の名は売れている。今の将軍の名を知らぬ者でも風林火山の軍旗を翻す武田信玄の名は知っている。

信玄は清和《せいわ》源氏の流れを汲《く》む甲斐武田氏の十七代目当主である。

〝甲斐の虎〟と呼ばれ戦国最強と謳《うた》われた騎馬部隊を率いる信玄に怯えた武将は多い。若き日の織田信長や徳川家康さえもその存在に怯《おび》えていた。実際に家康は三方原《みかたがはら》の戦いで武田軍に殺されかかっている。

槍《やり》一本で天下を奪い取った戦国の世だけあって、武骨なだけの荒武者なら掃いて捨てるほどいた。

その中で、信玄は強いだけの武将ではない。名門に生まれた信玄は幼いころより高僧について書物を学び、古代唐《もろこし》の諸葛亮孔明《しょかつりょうこうめい》が編み出した陣形にも通じていた。文武両道を地で行く武将である。

病のために、天下を取るという志半ばで寿命が尽きたが、あと数年信玄が生きていれば、織田信長の天下、ひいては今の徳川幕府はなかったと言われている。戦国最強の武将と言ってもいい。

その武田信玄が富士の樹海に現れたのだ。

織田信長や徳川家康でさえ震え上がったという「風林火山」の軍旗を目の前にして、真武玄はにやりと笑った。

「ちょうど退屈していたところだ。甲斐の虎と遊んでやるか」

黒馬に跨《また》がると、五剣の一つである黒刀を携え、武田の騎馬部隊へ漆黒の疾風となり駆け出した。

玄はひとりで戦国最強と謳われる武田信玄の騎馬部隊と合戦をはじめるつもりらしい。

3

小次郎たちが富士の麓に着いたとき、周囲はひっそりと静まり返り、さらさらと雪だけが降っていた。

黄泉を名乗る風魔小太郎が四神をすげ替えようとしているということは、長宗我部元親と武田信玄の他に、まだふたりの武将がどこかに現れるはずである。

武田信玄を相手にするなら、味方は何人いても足りぬくらいであったが、残りのふたりの武将も気になる。戦国屈指の荒武者である長宗我部元親と武田信玄が蘇《よみがえ》ったということは、残りのふたりも強敵であろう。

だから、善達と佐助をその備えとして江戸城の近くに置いて来た。亡霊とはいえ戦国武将が狙うのは天下であり、すると最終的に標的とされるのは江戸城の四代将軍家綱であろう。

雪の降る中、富士の麓まで足を延ばした小次郎を見て、白額虎が不思議そうな顔をする。

――家康の血を引くだけあって、小次郎、おぬしも徳川が大切なのか？

「いや」

小次郎は正直に答える。血はつながっているか知らぬが、まともに会ったこともない将軍・家綱や徳川の連中を大切に思えるはずがない。

しかし、長宗我部元親は〝ちょんまげ、ちょうだい〟こと相馬二郎三郎に恨みを持っていた。祖父・二郎三郎の蒔《ま》いた種ならば、小次郎が刈り取らねばならぬ。

しかも、ぽんぽこが四神のひとりとして狙われている以上、指をくわえているわけにもいかぬ。降りかかる火の粉は払わなければならないであろう。

それに――。

小次郎は祖父・二郎三郎を殺した父・時国の姿をおぼえている。

自分が家康の血筋であることを知った時国は自ら将軍になろうとしたのだ。それを二郎三郎が諫《いさ》めると、十になったばかりの小次郎の目の前で、何の躊躇《ためら》いもなく二郎三郎を斬り殺してしまった。

ぷしゅりッと二郎三郎の首筋から血が噴き出し、歌舞伎の化粧のように時国の顔を隈取《くまど》った。生まれつき、色が白く、髪さえも異人のように金色であった時国に血化粧はよく似合っていた。

時国は小次郎に言った。

「邪魔をするなら、父であろうと息子であろうと容赦はせん。斬り殺してくれる」

もはや父ではない――。その日から小次郎は時国を倒すためだけに剣の修行を続けていた。

今回の騒動の陰に時国がいるのなら、捨てておけぬ。実のところ、今回の一件に時国がどんな役割を担っているのかも予想できていた。

時国にとって小次郎は邪魔者である。すでに長宗我部元親と相対している。時国がそんな小次郎を放っておくとは思えなかった。

遅かれ早かれ、時国は小次郎を殺しにやって来るだろう。

「小次郎様……」

すべての事情を知るぽんぽこが気遣うように口を開きかけたとき、その軍旗が目に飛び込んで来た。

〝疾如風、静如林、侵掠如火、不動如山〟

佐助に聞いた通りの旗がこちらへやって来る。

しかし、肝心の武田信玄の姿も、歴史に名を轟《とどろ》かせる武田の騎馬部隊の気配もない。ただ旗だけがはためいている。

諸葛亮孔明の書物で戦《いく》さを学んだ信玄だけに、どんな罠《わな》が張り巡らされているのか分かったものではない。

「ひとりですね」

廉也が敵の気配を読む。

「そのようだな」

やはり騎馬部隊の気配はどこにもない。しかし、長宗我部元親を上回る強い妖気《ようき》が近づきつつある。

かちりッかちりッと小次郎と廉也が鯉口《こいぐち》を切った。相手が武田信玄であろうと、斬り捨てるより他にない。

軍旗を持つ人影が見えたとき、小次郎と廉也は動いた。

ふたり同時にその人影に斬りかかった。

小次郎と廉也の足さばきは、稲妻よりも速い。

一呼吸《ひとこきゅう》の後には、すでに人影に斬りかかっている。小次郎と廉也の手から刀が走った。

一瞬で勝負はつくはずであった。

が、肉を斬る音ではなく、

きんッ、きんッ――

――と、鉄《かな》くさい音が飛んだ。

影が馬上から黒い刀一本でふたりの刃《やいば》を受け止めたのだった。

「くっ」

小次郎と廉也の口から呻《うめ》き声が落ちた。まさか渾身《こんしん》の刃を止められるとは思っていなかったのだ。

思いがけぬ影の力強さに瞠目《どうもく》しながらも、小次郎は廉也に目で合図を送り、さらに斬りかかろうとした。

小次郎と廉也の刃が影に斬りつける刹那《せつな》、ぽんぽこの声が飛んで来た。

「小次郎様、廉也様、それは敵ではございませぬ」

ふたりの刀が、ぴたりと止まる。

――味方かどうかも分かったものではないがのう。

白額虎が思わせぶりなことを言う。

「敵ではないだと？」

困惑する小次郎と廉也に、ぽんぽこは言った。

「玄武の真武玄様でございます」

4

世の中というやつは広くできている。

信じられぬ話だが、この真武玄という武骨な修験者《しゅげんしゃ》のような男が、たったひとりで戦国に聞こえた武田信玄と騎馬部隊を絶滅させたというのだ。

「まさか」

と、目を疑いながら樹海を覗《のぞ》けば、数え切れぬ馬や雑兵《ぞうひょう》どもに混じって剃髪《ていはつ》した坊主姿の男が転がっている。

その剃髪した男が武田信玄であった。

——相変わらずの化け物よのう。

白額虎は言う。

真武玄。

江戸を守る四神《しじん》のひとりで、北の玄武にあたる。武田の騎馬部隊をひとりで壊滅させたところを見ても、かなりの実力者であることが分かる。

しかも、いい加減なぽんぽこや白額虎と違い、謹厳にできているらしく、さっきからにこりともしない。

玄はいっそう厳《いか》めしい顔になり、ぽんぽこと白額虎を睨《にら》みつけ、説教口調で言う。

「おぬしら、江戸を守る四神のお役目を何と心得る？」

ぽんぽこと白額虎が、お鶴に江戸の守護を押しつけたことを知っているようだ。

「これには色々と事情がございまして……」

――そう、事情だ。のう、ぽんぽこ。

師匠に叱られた寺子屋の子供のように、ぽんぽこと白額虎が玄相手に言い訳をはじめようとする。

しかし、玄は聞く耳を持たない。口ばかり達者なぽんぽこと白額虎のことをよく知っているのだろう。

あっさりと二匹の言葉を遮り、もごもごと居心地の悪そうなぽんぽこと白額虎に言うのだった。

「おぬしらとは膝《ひざ》を突き合わせて話した方がよさそうだな」

第三の亡霊　虎千代

1

武田信玄が真武玄に倒されて以来、江戸の町は平和だった。どこにも戦国の亡霊の姿はない。

小次郎は生活に追われていた。

そろそろ雛祭《ひなまつ》りの季節だというのに、江戸の町はいっこうに春めいて来ない。いまだに雪がちらつくのだ。

大工殺すにゃ、刃物はいらねえ。雨の三日も降ればよい——。

雨どころか連日のように雪が降っていては、大工どころか小次郎も日雇い仕事がなく飢えて死にそうである。

お鶴と玄はそれぞれ江戸湾と富士の山に帰ったが、ぽんぽこは言うまでもなく、白額虎までが小次郎の長屋に居ついてしまった。

——汚い長屋だが我慢してやるかのう。

白額虎は恩着せがましく言った。

小生意気な口を叩《たた》くが、普段は怠けものの猫と変わりがなく、長屋にいてもさほど邪魔というわけではない。

しかし、白額虎ときたら四六時中腹を減らしている。

——小次郎、飯はまだかのう。

と、食い意地の張った舅《しゅうと》のように飯を催促する。

しかも、猫の姿をしているくせに、平然と、どんぶり飯を平らげるのだ。それに釣られたのか、ぽんぽこの食う量も増えている。

当然のようにかかる金も増える。

戦国武将の亡霊どものことは気になったが、絵草子や芝居の中の侍と違い、現実という無粋なところでは金を稼がねば生きて行くことができない。

「お腹が鳴いております、小次郎様」

——早く飯にせぬか。

と、妖《あや》かし二匹に催促されるが、長屋のどこをさがしても米の一粒もなかった。言うまでもなく、米を買う金もない。

それを知って、ぽんぽこと白額虎は、「腹が減った、腹が減った」といっそう騒ぎ立てる。見苦しいにもほどがある。

「一日や二日、食わなくとも死にはせん」

小次郎は言ってやった。

「しかし、小次郎様――」

「しかしも案山子《かかし》もなかろう。狸と猫とはいえ、侍の家に居候している以上、そなたたちも侍と心得よ」

「侍でもお腹は空《す》きます、小次郎様」

「侍は腹など空かぬ。現に、それがしを見てみろ――」

と、胸を張ったとたん、ぐるるぐるると小次郎の腹の虫が長屋中に響き渡る大きな音で鳴いた。

ぽんぽこと白額虎が冷たい目で小次郎を見る。気まずい沈黙の中、おまけのように、もう一度、ぐるると小次郎の腹の虫が鳴いた。

こほんと咳払《せきばら》いを一つすると、小次郎は二匹の妖かしに言った。

「たぬべえの口入れ屋に行ってみるか」

江戸に多いもののたとえとして、「伊勢屋《いせや》、稲荷《いなり》に犬の糞《ふん》」と言われているが、小次郎の目には犬の糞より食い詰めた浪人の方が多く見える。

殊に神田の傘貼り横町と呼ばれるあたりは、貧乏長屋が軒を連ねているせいか、汚い恰《かっ》好《こう》をした浪人の姿が目立つ。

生きるためには食わねばならず、銭を稼がなければならない。

しかし、人を斬る他に何の取り得もない浪人にできる仕事などあろうはずがなかった。自分で商売をはじめたり、修行を重ねて職人となる才覚もない。

結局、浪人たちは町の口入れ屋を頼り、日雇い仕事で口を糊《のり》するしかなかった。小次郎たちが足を運んだのも、そんな口入れ屋の一つだ。米櫃《こめびつ》が空になると、小次郎とぽんぽこはこの口入れ屋の格子戸をくぐる。

「邪魔をするぞ」

店の中へ入ると、いつものように、古びた格子戸の先の帳場に眼鏡をかけた狸が座っている。

――江戸では狸が口入れ屋をやっておるのか。

と、白額虎が小次郎とぽんぽこにだけ聞こえる声で言った。

「無礼なことを申すな。狸ではない。太兵衛《たへえ》殿だ」

小次郎は叱るが、実のところ、初めてこの口入れ屋に来たとき、化け狸と勘違いし刀を抜きかけたことがあった。太兵衛が人であるのは間違いないのだが、腹が減っていると目が眩《くら》むのか、眼鏡をかけた狸に見えて仕方がない。

口入れ屋の主人が狸に見えるのは小次郎だけでないらしく、町人たちはこの太兵衛のことを〝たぬべえ〟と呼んでいる。

たぬべえは言う。

「これは小次郎様ではございませんか」

やけに愛想がいい。

こんなときは気を引き締めなければならぬ。狸に似ているだけあって、たぬべえという男は、すぐに小次郎《ひと》を騙《だま》そうとするのだ。

今まで、たぬべえに数え切れぬほどの仕事を紹介してもらっているが、たいていはたいして銭にならぬ面倒なだけの仕事であった。

迷惑千万なことに、たぬべえときたら、小次郎に面倒で金にならぬ仕事を振ると決めつけている節もある。

たぬべえはうれしそうに言う。

「小次郎様に、ぴったりのお仕事がございます」

ますます怪しい――。ぽんぽこが「小次郎様、帰りましょう」といった風情で、つつんと小次郎の袖《そで》を引く。

つい先日も用心棒に行った先が岡場所で、訳が分からぬうちに女装させられた上に、もう一歩で客を取らされそうになったばかりだ。そのときよりも今日の方が、いっそうたぬべえの愛想がいい。

〝ちょんまげ、ちょうだい〟として幾多の修羅場《しゅらば》をくぐって来た小次郎の本能は、一刻も早くここから立ち去れと言っている。

しかし、ぐるるぐるると鳴き続ける腹の虫がそれを許してくれない。

自分ひとりであれば、武士は食わねど高楊枝《たかようじ》と我慢することもできようが、耳をすますまでもなく、ぽんぽこと白額虎の腹も、ぐるると鳴っている。うるさいばかりで役に立たぬ狸と猫だが、腹を減らして野垂れ死なれでもしたら後生《ごしょう》が悪い。

大きくため息を一つつくと、にたりにたりと笑っている狸おやじに小次郎は聞いた。

「どのような仕事でござるかな？」

たぬべえの話を聞き終えて小次郎は上機嫌になった。

「おやじ殿、いつもすまぬな」

礼の言葉までが、するりと口から飛び出す。

紹介された仕事は、武家の娘の用心棒である。しかも、お供をするだけで五両という大金が手に入る。ご苦労なことに何やら願掛けをしており、草木も眠る丑三《うしみ》つ時《どき》になると、神田の外れにある稲荷へお参りに行くというのだ。

他の場所はどうだか知らぬが、小次郎の住む神田の外れでは願掛けが大流行している。何でも稲荷神社には神狐が棲《す》んでおり、草木も眠る丑三つ時に人の願いを聞いてくれるというのだ。

「眉唾《まゆつば》でございます、小次郎様」

相手が狸と相性の悪い狐の仲間だからなのか、稲荷神社のご利益なんぞ、ぽんぽこは信じていない。

「決めつけるでない、ぽんぽこ」

小次郎は諫《いさ》める。

ぽんぽこや白額虎のような化け物が長屋暮らしをしているのだから、神田の外れの寂れた稲荷に願いを聞いてくれる神狐がいたとしてもおかしくはない。

しかし、稲荷の多い江戸の町で、わざわざお化け稲荷を選ぶ理由が分からぬ。

「若い娘の行くところではないな」

小次郎は呟《つぶや》く。

お化け稲荷というのは、神田の外れにある寂れた稲荷神社のことである。もちろん、近所の連中が勝手に呼んでいるだけで、本当の名があるのだろうが、〝お化け〟と呼ぶのがぴったりの剣呑《けんのん》なところであった。

「若い娘でなくとも行きたくありませんよ」

たぬべえが眉を顰《ひそ》めている。

誰のしわざか分からぬが、ときおり干からびた死骸《しがい》が見つかり、瓦版《かわらばん》を賑《にぎ》わせている。臑《すね》に傷を持つ浪人どもでさえも近づかぬような場所だ。

「何がよくて、あんなお化け稲荷に行くのか分かりませんがね」

信心とは無縁なたぬべえが怪訝《けげん》な顔を見せる。

不思議ではあったが、信心や願掛けなんぞというものは、もともと胡散臭《うさんくさ》いものであるし、どこの稲荷に行こうと当人の勝手と言えなくもない。願掛け先が安全な稲荷神社であったら、割りのいい用心棒の仕事は回って来なかったであろう。小次郎やたぬべえが文句を言う筋合いではない。

そんなことを考えていると、小次郎の腹がぐるるぐるると鳴った。そろそろ限界が近づいている。

「小次郎様、お腹が空いて、ぽんぽこは目が回ります」

――わしもじゃ……。

ぽんぽこと白額虎がへたり込んでいると、ふわりと飯の甘いにおいが漂って来た。

「小次郎様にぽんぽこちゃん、久しぶりだねえ」

と、歯切れのいい女の声が聞こえた。

においと女の声に釣られて顔を上げると、手ぬぐいを姐《あね》さん被《かぶ》りにした粋《いき》な年増が、大きな盆を持って立っていた。

たぬべえの女房のお染《そめ》である。

吝嗇《けち》で油断ならぬたぬべえの口入れ屋が曲がりなりにも繁盛しているのは、この粋な女房のおかげと言われている。

何の意図があるのか分からぬが、お染は常に腹を減らしている食い詰め浪人に焼きむすびを振る舞うのだった。

甘い飯と醤油《しょうゆ》の焦げたにおいが、小次郎の鼻をくすぐる……。

「小次郎様、相変わらずいい男だねえ」

いつだって、お染はそんなことを言う。

かつて神田中の男が取り合ったと噂されるほどの粋な年増に「いい男」と言われたのに、小次郎はろくに返事もしない。焼きむすびしか見えていないのであった。

「飯を作ってくれる女のひとりやふたりいるでしょうに」

お染は愛想を言うが、小次郎は聞いていない。

ぐるるぐるると、しつこく腹の虫が鳴いている。しかも、焼きむすびのにおいのためか、口入れ屋中に響き渡るほどの大きな音になっている。

「小次郎様みたいないい男が腹を減らしていたら、男前が台なしになっちまうよ。もったいないったら、ありゃしない」

と、お染が焼きむすびを小次郎たちの目の前に置く。

「たいしたものはないけど、食べて行っておくれよ」

お染の言葉が終わる前に、ぽんぽこの手が焼きむすびに伸び、むんずとつかむと「いただきます」も抜きに、がつがつと食いはじめた。白額虎もぽんぽこの真似をして焼きむすびにかぶりついている。

礼儀を知らぬ狸娘と化け猫に説教の一つもしてやろうと口を開いたが、言葉が出て来ない。

それもそのはずで、いつの間にやら、口の中に焼きむすびが入っている。見れば、小次郎は両手に焼きむすびを持っている。気づかぬうちに、口に放り込んでしまったらしい。

こうなってしまうと、説教どころではない。久しぶりの飯を噛《か》みしめる。

口中に飯と醤油の味が広がる。

すぐ隣では、ぽんぽこと白額虎が競争でもするように焼きむすびを頬張っている。よほど腹が減っていたようだ。

ぐずぐずしていては、みんな食われてしまう。小次郎も狸と猫相手の大食い合戦に名乗りを上げた。

「食事など出さなくてもいいと言ったでしょうが」

たぬべえの渋い声が聞こえて来たが、続きの文句は、ぽんぽこの満足そうな声にかき消されてしまった。

「とっても美味《おい》しゅうございます」

腹の皮が突っぱれば目の皮が弛《たる》むとはよく言ったもので、山のように積まれた焼きむすびがなくなり、熱い茶を啜《すす》るころには欠伸《あくび》が出た。

ぽんぽこと白額虎は、すでに、くうくうと寝息を立てて寝こけている。

小次郎も二匹の隣で寝てしまいたいところだが、他人様《ひと》の家——それも口入れ屋の店の中で惰眠を貪《むさぼ》るわけにはいくまい。

「では帰るとするか」

と、立ち上がりかけた小次郎をたぬべえが呼び止めた。

「まだ仕事の話が終わっておりません」

正直なところ、すっかり忘れていた。

食うためだけに働いている小次郎にしてみれば、満腹になってしまうと仕事など面倒なだけである。

「明日では駄目か？」

小次郎の口から本音が飛び出した。詳しい仕事の話を明日にすれば、また焼きむすびが食えるというあざとい勘定もあった。

長い付き合いだけあって、たぬべえは小次郎の考えることなどお見通しのようである。

狸面を顰《しか》めて言う。

「明日、お染は日本橋の叔母《おば》の家へ行って、口入れ屋《こ こ》にはおりませぬぞ、小次郎様」

つまり、明日やって来ても飯は出ぬということだ。それでは口入れ屋に足を運ぶ意味がない。

「では、明後日にするかな」

そんなことをやっていると、がらりと格子戸が開き、若い娘の声が聞こえた。

「相変わらずでござるな」

袴《はかま》に二本差しの若武者姿の若い娘が立っている。切れ長の目が凜々《りり》しい。口を利かなければ、涼やかな美少年にしか見えぬであろう。

若い娘の男言葉が耳に届いたのだろう。くうくうと寝ていたはずのぽんぽこの目が、いきなり、ぱちりと開き、飛び起きると尻尾《しっぽ》を出さんばかりにして若い娘に走り寄る。

「弥生《やよい》様、弥生様。お久しゅうございます」

男装の若い娘――丸橋《まるばし》弥生にまとわりつく。弥生は慶安《けいあん》事件で磔刑《たっけい》となった丸橋忠弥《ちゅうや》の隠し子で、先の偽の〝ちょんまげ、ちょうだい〟事件で犯人にされかけた娘である。ぽんぽこはこの弥生のことが好きらしく、うるさいばかりに懐いている。

「おぬしも相変わらずだな」

と、呆《あき》れた口振りながら、弥生はぽんぽこの頭を撫《な》でてやったりしている。

たぬべえは小次郎に言った。

「今回の仕事はおふたりにお願い致します」

2

たぬべえに押しつけられる仕事はたいてい面妖《めんよう》だが、今回の武家の娘の用心棒仕事は、殊に訳が分からなかった。

「小次郎様の長屋でお待ちください」

と、たぬべえは言っていた。

用心棒である小次郎が武家娘を迎えに行くのではなく、逆に小次郎の長屋に武家娘がやって来る段取りになっていた。

口入れ屋風情に身分や名を明かしたがらぬ武家は珍しくないが、それでも若い娘が浪人のひとり暮らしの長屋まで来たりはしない。

その夜、小次郎は弥生とともに長屋のこたつで依頼人である武家娘を待っていた。丑三《うしみ》つ時《どき》にお化け稲荷《いなり》へ願掛けに行く以外は何も聞いていない。いつごろ武家娘が来るのかすら、小次郎は知らずにいる。

二匹の妖《あや》かしも同じ長屋にいることはいたが、ぽんぽこは「ふわあ」と欠伸を嚙み殺し、白額虎に至ってはこたつで丸くなってくうくう眠っている。

弥生が正面に座っているが、どうにも妙な様子であった。小次郎も弁の立つ方ではないし、弥生も無口である。おしゃべり者のぽんぽこはいるが、眠いのか欠伸ばかりしていて何もしゃべらない。

黙っているのも気まずいので、小次郎は無理やりに弥生に話しかける。

「用心棒がこたつに入っているのも、おかしなものだな」

若く見目《みめ》麗しい娘を相手にしているというのに、我ながら気が利かないものだ。

近所のおかみさんや娘たちに「小次郎様、小次郎様」と言い寄られることも多い小次郎であったが、実のところ、あまり女に縁がなかった。ここ何年か、逢《あ》い引《び》き一つした記憶がない。

女嫌いというわけでもないし、吉原《よしわら》を覗《のぞ》いてみたいと思わぬわけでもないが、金もなければ女相手に口を利くのが面倒くさくもあった。

そんな野暮天の小次郎を相手に、弥生はいつもの素っ気ない調子で答える。

「待つのも用心棒の仕事であろう。仕方あるまい」

普段なら冷たい言いように、鼻白むところであるが、男装の麗人・弥生もこたつに入っていては締まりがない。同じ冷ややかな口振りであっても、どことなく、のんびりした気分になってしまう。

「さて――」

と、意味もなく言葉を続けようとしたとき、とんとんと長屋の戸が叩《たた》かれた。ようやく武家娘がやって来たようだ。

若紫《わかむらさき》。

武家娘はそう名乗った。偽名であろうが、武家娘の長く美しい黒髪と細面の品のいい日鼻立ちは、絵巻で見た源氏物語の若紫を思わせた。武家娘というより公家《くげ》の娘を思わせる身形《みなり》である。

茶の一杯でも振る舞うべきかと思ったが、

「そんな暇はございません。早く参りましょう」

と、武家娘に言われ、長屋を後にした。

男女七歳にして席を同じゅうせず――。男と連れ立って歩くことを避けたがる武家の女は多い。

若紫も小次郎と弥生に十歩ほど間を置くように命令した。万一のことを考えるなら、十歩は離れすぎであるが、武家のならいと言われれば仕方がない。しかも小次郎と弥生は浪人であり、身分違いと言われれば黙るしかない。

小次郎と弥生は命令通りに離れて歩いた。ちなみに、ぽんぽこと白額虎は寒いのを嫌い、長屋のこたつで丸まっている。

武家地を抜け、廉也たちの住む破れ寺の手前まで歩いたところにお化け稲荷はある。

血のように赤い月が地面を照らす夜のことで、ひとけのない通りは小次郎でさえ不気味に思える。

若紫は怯《おび》える様子もなく、無言で歩いて行く。

雪がやんだばかりの冬の空気は澄んでいて、はるか遠くに富士の山が見える。晴れた昼間に富士の山が見えるのは珍しくないが、夜は滅多に見えない。珍しき絶景に、小次郎だけでなく、弥生も見とれているようであった。

やがてお化け稲荷に着いた。ひとけはなく、境内には雪が積もっていた。赤い月に照らされて、地べたの雪が血に染まっているように見える。

お化け稲荷の境内で、不意に若紫の足が止まった。稲荷まではもう少し距離があり、ここで立ち止まるのは不審である。

異変が起こったようには思えぬが、お供の用心棒として小次郎と弥生は武家娘に駆け寄った。

「どうなされた？」

と、武家娘の顔を見ると、絵草子の姫君のように美しい目から真珠のような涙がぽろりぽろりと落ちている。

訳が分からず、小次郎と弥生は顔を見合わせる。

「許さぬ」

唐突に武家娘は小次郎に言う。

「何か申されたか？」

と、小次郎は聞くが、武家娘の耳には届いていないようである。

「武田殿……」

と、若紫は呟《つぶや》くと、白魚のような指で印《いん》を結び、真言《しんごん》を唱える。

オン・ベイシラ・マンダヤ・ソワカ
オン・シチロクリ・ソワカ

深紅《しんく》の月が若紫の真言を吸い込み、ほんの少し膨れ上がったように見えた。

次の瞬間、紅色の月が何かを吐き出した。

目を凝らして見れば、月の眷属《けんぞく》らしき鬼形《きぎょう》のものどもである。数え切れぬほどの鬼形の眷属どもが舞い降りて来る。歪《いびつ》な角を持つ鬼形の眷属どもは、一様に表情のない木彫りの面を被り、竹取物語を思わせる平安調の狩衣《かりぎぬ》を着ている。

若紫は宙に舞い、女形の毘沙門天《びしゃもんてん》となった。いつの間にか、鬼形の眷属どもの背後に「毘」の旗が見える。

「何が起こったのだ？」

さすがの弥生も目を丸くしている。

小次郎が口を開くより早く、毘沙門天と化した若紫が名乗りを上げる。

「我こそは〝毘沙門天〟の生まれ変わり、上杉謙信《うえすぎけんしん》・虎千代《とらちよ》である。武田殿の仇討《あだう》ちに参った」

上杉謙信。

幼名を虎千代という。

男の名で男のように育てられたが、実のところ謙信は女人である。

女人による家督相続が認められなくなるのは、江戸の世になってからである。

戦国時代、女城主は珍しいものではなかった。井伊直助《いいなおすけ》の養母にして〝女地頭《じとう》〟と呼ばれた井伊直虎《なおとら》、織田信長の叔母《おば》おつやの方など歴史に名を残した女城主は多い。

上杉謙信が男として伝わったのには理由がある。

関ヶ原の合戦で徳川と敵対し、その結果、睨《にら》まれることとなった上杉家は「女人の家督相続を認めない」という徳川の意向に沿って、謙信が女であったという歴史を塗り替えたのだ。

また、謙信を男とすることによって、戦国時代、密《ひそ》かに広まっていたある噂を消すためでもあった。

上杉謙信こと虎千代は、あろうことか敵将である武田信玄に恋をしていた——。

3

女として生きたかった。

女人でありながら、獰猛《どうもう》な男として歴史に名を残すこととなった虎千代は、皮肉な気持ちで自分の生涯を振り返る。

もともと家督を継いだのは兄の晴景《はるかげ》であったが、女である虎千代には何の不服もなかった。

女城主が珍しくなかった時代のことで、家臣たちの信望も厚い虎千代を跡継ぎに推す声もあったが、戦いを好まぬ虎千代にしてみれば、血に塗《まみ》れねばならない家督など欲しくもなかった。このまま嫁入り先をさがし、平凡な女としての一生を送るつもりでいた。

しかし、運命とやらは虎千代を放っておいてくれない。

兄・晴景は暗愚で、内政を顧みることなく酒色に溺《おぼ》れた。家臣の妻や娘にも夜伽《よとぎ》を命じ、逆らうと一族皆殺しにした。家臣たちの心は離れ、才ある者は他国へ仕官の道を求め逃げて行った。残ったのは阿諛《あゆ》追従が得意な佞臣《ねいしん》ばかりであった。

こうなってしまうと、家を潰《つぶ》さぬためには虎千代が兄を退け、当主となる他はないが、虎千代は争いから逃げるように城下の林泉寺に入門し、仏道修行を始める。

平和な時代であれば、虎千代の生涯は寺で終わったであろうが、世は戦国乱世、時代が虎千代を放っておいてくれなかった。

天文十二年、西暦で言うと一五四三年、それまで仏道修行をしていた虎千代は兄・晴景の命を受け還俗《げんぞく》し元服すると、瞬く間に上杉と敵対していた勢力を制圧して行く。

虎千代には武将としての才があった。徹底的に相手を調べ上げ、その欠点を突くが得意だった。

虎千代は瞬く間に国内をまとめ上げると、周囲の諸大名を斬り伏せ、〝甲斐の虎〟武田信玄、当時晴信《はるのぶ》と並び称されるほどになった。

平穏な人生を望む虎千代の思いとは裏腹に、天下を狙う戦国武将として、その名が轟《とどろ》いてしまったのだ。

流されるままに、武田信玄と対立していくことになる。

後に「川中島《かわなかじま》の戦い」と呼ばれる何年にも亘《わた》る長い合戦で、虎千代は信玄と幾度も刃《やいば》を交えることとなる。

永禄四年、西暦でいうと一五六一年の合戦は語り種《ぐさ》となっている。

この合戦に勝った方が天下に手をかけると、巷《ちまた》では評判であったらしいが、虎千代は天下などどうでもよかった。戦いに飽きていた。一刻も早く信玄の首を土産に越後に帰り、源氏物語の絵巻でも見ながら暮らしたかった。

しかし、戦国の龍虎《りゅうこ》にもたとえられた虎千代と信玄だけに、両者互いに一歩も引かず、とうとう本陣同士の戦いとなった。

あり得ぬことが起こった。

乱戦に業を煮やしたらしき信玄が赤い馬に乗り、大将自ら、たったひとりで斬り込んで来たのであった。

虎千代の目にも、鬼神のような信玄の姿が見えた。

鍛え上げたはずの上杉の兵でさえ、信玄の威圧感に圧倒され、誰ひとりとして斬りかかろうとしない。上杉と武田の戦いは、虎千代と信玄の首を巡る戦いであるのに、まるで話にならぬ。

近習が止めるのを振り払い、虎千代は白馬を走らせ、自慢の大太刀で信玄に斬りかかった。

これまで虎千代の太刀を躱《かわ》した武将はおらず、一瞬で勝負はつくはずだった。虎千代の脳裏に信玄の死がはっきりと見えた。

しかし、虎千代の太刀は信玄の首に届かなかった。

ちゃきん――――
――と、鉄《かな》くさい火花が飛んだ。

信玄が刀を抜き、虎千代の一撃を受け止めたのだ。

今まで必殺の一撃を受け止められた記憶のない虎千代は動揺する。武田信玄を前にして、自分が隙だらけであることが分かった。

――討たれる。

虎千代は死を確信した。

武骨な顔に笑みを浮かべると信玄は虎千代に言った。

「虎千代とやら、噂通りのいい女だな。殺すには惜しい」

気づいたときには信玄の腕に白馬ごと引き寄せられ、訳も分からぬうちに唇を奪われていた。

やがて馬が嘶《いなな》き、ふたりは無言で離れた。

頬に血が昇るのが分かった。それでも、信玄を殺さねば合戦は終わらない――。虎千代は大太刀を握る手に力を込めた。

だが、すでに目の前に信玄の姿はなかった。

赤備えの鎧《よろい》で赤い馬を走らせ去っていく信玄の背中が見えた。

合戦の騒音の中、信玄の言葉が耳に届いた。

「また会おうぞ、虎千代」

その約束は果たされず、虎千代は二度と信玄に会うことはなかった。

元亀《げんき》四年、西暦一五七三年、家康を破り三河に入ったとき病が重くなり帰国の途中、信《しな》濃《の》の駒場《こまば》で没した。

この時期の信玄の病死は、あまりにも徳川に都合がよすぎる。

――信玄は家康に殺された。そんな噂が、小波《さざなみ》のように広まった。

多くの戦国武将と同じように、虎千代も信玄の死を疑った。自分をあそこまで追いつめたほどの男が、合戦の最中に病死するはずがないという思いもあった。

虎千代は忍びを放ち、信玄の死を調べ上げようとした。

ところが、忍びはひとりも帰って来ず、再び、噂だけが虎千代の耳に届いた。

「徳川に仇《あだ》なす者は殺される」

正体は分からぬが、〝ちょんまげ、ちょうだい〟を名乗る暗殺者が暗躍しているらしい。

虎千代は血が滲《にじ》むほど強く唇を噛《か》みしめ、〝ちょんまげ、ちょうだい〟の名を心に刻んだ。

女は恨みを持つと別人のように強くなる。

その後、虎千代の越後《えちご》勢は最大最強と呼ばれるまでになった。

天正《てんしょう》六年、西暦一五七八年、虎千代は信長を葬り去るべく上洛《じょうらく》を決めた。

信長を打ち倒し、信玄を殺したと言われている家康を徳川家ごと根絶やしにしてやるつもりであった。今の虎千代の力をもってすれば、難しいことではない。

三月十五日の出発を控えた三月十三日のこと、寺で座禅を組む虎千代の前にひとりの男が現れた。右手に刀を持っている。

すぐに男の正体は分かった。

家康の息子、信康だった。

武人である虎千代は寺にいようと、大太刀を近くに置いている。これまでも何度も命を狙われており、いわば刺客《しかく》に慣れていた。

「徳川から手を引かれよ」

虎千代は信康の言葉に返事もせず、大太刀を抜くと一息で薙《な》ぎ払った。

必殺の一太刀であったはずなのに、虎千代の大太刀は空を斬った。

信康は一歩も動いていない
信康が虎千代の太刀を躱したのではなく、太刀の方が信康を避けたように見えた。

――こんな男を斬れるわけがない。

ぞくりと背筋が凍りついた。仏道修行をした虎千代だけに信康が神仏の類《たぐい》に見えたのだ。

自分ごときの敵《かな》う相手ではない。今さらながらに虎千代は悟った。

「曲者《くせもの》ッ」

と、人を呼ぼうとした瞬間、首に冷たい感触が走った。

虎千代の身体が、ずるずると深い暗闇に落ちて行く。どうやら自分は信康に斬られたようだ。

最期に虎千代は男の声を聞いた。

「ちょんまげ、ちょうだい。訳あって、御首《おんくび》、ちょうだい致した」

虎千代は地獄に落ちた。

戦国武将として数え切れぬほどの人間を殺して来たのだから、とうの昔に覚悟はできていた。

絵草子で見た地獄と違い、虎千代の落ちたところは鬼も地獄の亡者もいない、ただの深い暗闇だった。

地獄に落ちれば会えると思っていた信玄の姿もそこにはなかった。

地獄と呼ばれる闇の中を、虎千代は落下し続けていた。それは、どんなに落ちても地べたに着かない深い穴のようだった。

このまま千代に八千代に無言の暗闇を彷徨《さまよ》い続けるのかと思いはじめたとき、その男は現れた。

黄泉。

男はそう名乗った。

白い肌の黄金の髪を持った南蛮の人形のような男である。その顔は誰かに似ていたが思い出すことはできなかった。地獄にいるというのに、黄泉は死人《しびと》ではなかった。どこぞの陰陽師の力を借りて、地獄へやって来たという。

深い暗闇で彷徨う虎千代に、黄泉は言う。

「信玄に会いたくないか？」

聞けば、一足早く信玄は現世に蘇《よみがえ》り、再び、天下を取ろうと「風林火山」の旗を掲げているというのだ。

「信玄とともに徳川を倒せばよかろう」

言葉より先にうなずいていた。

こうして、八十年の時を経て虎千代は現世に舞い戻ることとなった。


現世にやって来てみると、想像もしていなかったことが起こっていた。

戦国最強と呼ばれた武田信玄が倒されていたのだ。

虎千代が富士の山に着いたとき、すでに信玄は事切れていた。現世にいる間は、地獄から蘇った者でも生身の人間と同じく傷つき死ぬらしい。

「徳川より先に四神《しじん》を倒すのだ」

虎千代は黄泉の言葉を思い返す。江戸は四神に守られており、それを倒すのが虎千代らの役割であった。

合戦をしていたころと同じように、虎千代は徳川家のことを綿密に調べ上げた。

自分を殺した信康が歴史の表舞台から消え、影武者〝ちょんまげ、ちょうだい〟こと相馬二郎三郎を名乗っていたことも知った。

だが、残念なことに信康——相馬二郎三郎はすでに死んでいる。殺された仕返しはできない。その代わり、現世には家康の影武者であった相馬二郎三郎の子孫がいるというのだ。信玄を殺したのは四神か相馬の子孫のいずれかであろう。富士の樹海に信玄の亡骸《なきがら》を埋め、虎千代はその墓前に誓った。

四神と相馬の子孫を殺す——。

4

「こやつらを打ち殺しなさい」

虎千代の命令の下、何十四もの地獄の眷属《けんぞく》どもが槍《やり》を片手に、小次郎と弥生に襲いかかって来る。

並の娘であれば泣き出すところだが、弥生も幕府転覆を画策した丸橋忠弥の娘——。肝は据わっている。

「何の騒ぎだ、これは」

と、言いながらも、するすると眷属どもの槍を躱《かわ》していく。

弥生の動きは水の流れのように滑らかで、毘沙門天の眷属どもが相手であろうが危なげがない。

しかし、人の娘と魔物では何もかもが違っている。

弥生がいくら刀を走らせようと、眷属どもには傷一つつかないのだ。これでは勝てるわけがない。

弥生の顔に狼狽《ろうばい》が走る。

「弥生殿、これをッ」

と、小次郎は白額虎から預かって来た〝白刀〟を弥生に放り投げた。

白刀は、くるりくるりと大きく円を描き、ぱしりと弥生の手に収まった。

いきなり刀を放られて訳が分からなかっただろうが、弥生も一流の剣士である。すぐに小次郎の放った刀が尋常のものではないと気づいたらしく、自分の刀を捨てると、白刀を鞘《さや》から抜いた。

氷細工のように透き通った刃《やいば》が赤い月光に晒《さら》された。

弥生は襲い来る毘沙門天の眷属に目がけて白刀を振る。

雪の破片が四方八方に飛び散り、眷属どもはその破片に触れると凍りついたように動きを止める。

弥生は凍りついた眷属どもの身体を片っぽしから斬り捨てる。

先刻まで斬ろうと刺そうと歯の立たなかった眷属どもの身体が、

すぽん、すぽん――

――と、小気味よく斬れていく。


「とんでもない刀だな」

弥生は呟《つぶや》く。

そのとんでもない刀は、もう一本ある。

小次郎も青刀を走らせ、眷属どもを次々と斬り裂いていく。変幻自在の水のように、相手に合わせ青刀は大太刀となり槍形となる。敵の急所に吸い込まれるように、青刀は眷属どもを薙ぎ倒す。

小次郎と弥生の神剣は片っぱしから毘沙門天の眷属どもを斬り倒していく。真武玄が黒刀を手に武田信玄を倒したのもうなずけた。それほどに神剣の威力はすさまじい。

あっという間に敵は虎千代ひとりとなった。

「中々の手練《てだ》れのようですね」

虎千代は冷たい笑みを浮かべている。

青刀と白刀に行く手を阻まれ、危機に陥っているはずの虎千代であるのに少しも慌てていない。

「ご褒美を差し上げましょう」

と、再び、毘沙門天の印《いん》を結び真言《しんごん》を唱えた。

オン・ベイシラ・マンダヤ・ソワカ
オン・シチロクリ・ソワカ

深紅《しんく》の月から、人影が降りて来た。

黒い米粒ほどの人影が、近づくにつれて、徐々に膨れ上がる。その姿は、鬼形《きぎょう》の眷属ではなく、槍を持った武士のように見える。

やがて、その顔が見えたとき、弥生の口から言葉が落ちた。

「まさか……」

深紅の月から降りて来たのは、慶安事件の首謀者のひとりとして鈴《すず》ヶ《が》森《もり》で磔刑《たっけい》に処されれたはずの弥生の父・丸橋忠弥であった。

＊

弥生は自分の目を疑った。

ずいぶんと頬が痩《こ》けているが、深紅の月から降りて来たのは、間違いようもなく、父の忠弥であった。右手に握られている使い込まれ黒光りしている宝蔵院流《ほうぞういんりゅう》の十文字槍も見おぼえがある。

弥生の手から白刀が、ぽとりと落ちた。

「父上……」

と、弥生は歩み寄ろうとするが、忠弥は娘の姿を見ていない。

父の視線の先にいたのは、相馬小次郎だった。

穴の開くほど小次郎の顔を見つめた後で、忠弥は憎しみを叩《たた》きつけるように言った。

「生きておったのか、――由比正雪《ゆいしょうせつ》」

「父上……？」

弥生には父の台詞《せりふ》の意味が分からない。

由比正雪といえば、慶安の変の首謀者として歴史に名を残す男である。人柄のよい丸橋忠弥を巻き込み、弥生を不幸のどん底に突き落としたのもこの男だ。

小次郎とはまるで無関係である。それなのに、忠弥は小次郎のことを「由比正雪」と呼んでいる。

そして、見れば、小次郎も「由比正雪」と呼ばれたことに心あたりがあるのか、困り果てた顔をしている。

弥生は小次郎に聞く。

「いったい、何の話だ？」

「うむ……」

と、言ったきり、小次郎は黙り込んでしまった。

今さらではあるが、弥生は相馬小次郎という男のことを何も知らずにいる。

太兵衛の口入れ屋で出会い、何となく気の合う仲間のようになっているが、小次郎ほどの手練れが、なぜ貧しい浪人暮らしに甘んじているのか不思議な話である。

仮に小次郎が臑《すね》に傷持つ男であるなら、神田の外れで隠れるように暮らしていることも納得できる。

とにかく、小次郎の口から何らかの説明が欲しい。

弥生は問い詰めるように聞いた。

「まさか、おぬしが由比正雪なのか？」

声が尖《とが》っていることが自分でも分かる。

由比正雪が駿府《すんぷ》で自害したのが四十七のときだ。目の前の小次郎は、どこをどう見ても二十歳《はたち》そこそこにしか見えぬ。

しかし、上杉謙信や弥生の父が現れるくらいなのだから、小次郎の正体が由比正雪であってもおかしくはない。

仮に小次郎の正体が由比正雪であるならば、命に代えても弥生はこの男を斬らねばならない――。

落としてしまった白い刀を弥生は拾い上げ、小次郎の喉《のど》に刃を向けた。

「答えてもらおうか、小次郎殿。おぬしと由比正雪はどんな関係なのだ？　そもそも、おぬしは何者だ？」

「…………」

小次郎は答えようとしない。

「なぜ黙っておる？」

と、さらに重ねて問い詰めようとしたとき、ここで初めて忠弥が弥生に言葉をかけてきた。

「弥生、ずいぶん大きくなったな」

道を挟んだ向かい側で、父は笑っている。やさしい声も、ほんの少し眉《まゆ》をひそめて笑うしぐさも、弥生の知っている父そのままだ。

「父上……」

弥生の足が動きはじめた。

女だてらに浪人として暮らして来た日々が遠ざかる。肩肘《かたひじ》を張って男の恰好《かっこう》をしていた自分が滑稽《こっけい》に思えた。

強くやさしい父のことだ。きっと弥生のことを守ってくれるだろう。もう刀は必要ない。

弥生は再び白刀を放り投げた。

「弥生、父とともに暮らそうぞ」

忠弥は言ってくれた。

「弥生殿……」

背中に小次郎の声が聞こえたが、弥生は振り返らなかった。

5

この夜、廉也は眠れずにいた。咳《せき》が止まらず、呼吸することさえ苦しかった。

こんな夜には、父・十兵衛のことばかりが思い浮かぶ。

病弱の身体に鞭打《むちう》って、廉也が剣術の修行を続けているのも十兵衛の敵《かたき》を討つためであった。

先の偽の〝ちょんまげ、ちょうだい〟事件で宗冬と会うまでは、廉也は宗冬を父の敵と決めつけていた。

しかし、宗冬を知れば知るほど廉也の中の違和感は大きくなった。

簡単に言えば、宗冬は単純な男である。政《まつりごと》のために暗殺という手段を使うことがあっても、十兵衛を殺すために刺客《しかく》を雇うとは思えぬ。

先の偽の〝ちょんまげ、ちょうだい〟事件のときも、長宗我部元親の一件でも、宗冬は自ら乗り込んでいる。十兵衛に勝てぬとしても、宗冬であれば正面から果たし合いを挑むであろう。

三つ子の魂百まで。

人の性質は簡単に変わるものではない。

十兵衛に刺客を放った宗冬は、廉也の知る男とは別人である。

――操られたな。

廉也は確信する。

風魔の忍びに人の心を自由自在に操る術があると聞く。単純な宗冬の心を操ることなど簡単であろう。

そして、誰が宗冬の心を操ったのかも見当がつく。

宗冬が刺客として雇ったのは風魔小太郎――。廉也の母・蓮の兄を殺し、新たに風魔一族を手に入れた男である。

――本当の敵は、風魔小太郎。

廉也はそう思っている。

草木も眠る丑三《うしみ》つ時《どき》に、破れ寺の戸が叩かれた。

いつもであれば善達が対応するところだが、この日に限っては布団に沈んだまま、ぴくりとも動かない。廉也が咳をしても起きて来ない善達は珍しい。まるで死んだように眠っている。

こんな時刻に訪ねて来るような客の心あたりはない——。放っておこうと目を閉じかけたとき、聞きおぼえのある声が廉也の名を呼んだ。

「廉也殿、弥生でござる」

戸の向こうからは弥生の声が聞こえて来るのだ。

「こんな時刻に……」

不思議に思ったが、相手が弥生とあっては知らぬ顔の半兵衛《はんべえ》を決め込むわけにはいかない。数少ない知り合いであるし、先の偽の〝ちょんまげ、ちょうだい〟事件のときにも迷惑をかけている。

それに、弥生は丸橋忠弥の娘として役人に目をつけられている。何かあったのかもしれぬ——。

気が張ったためか、咳がぴたりと止まった。

廉也は戸口へと歩いた。そして、

「今、開けましょう」

と、閂《かんぬき》を外し、がらりと戸を引くと、暗闇の中から白い弥生の顔が浮かび上がった。

「これは……」

廉也の口からそんな言葉が飛び出した。

女だてらの侍姿はいつものことであるが、見れば、弥生は艶《つや》やかな口紅を差している。弥生の化粧した顔を見るのは初めてのことだった。

「こんな夜更けにすまぬ」

男言葉ながら、いつもより口振りが柔らかい。廉也の知っている弥生とは別人のように見える。

普段であれば、色白で病弱な廉也などより、弥生の方が男らしいくらいであるのに、今日に限ってはやけに娘らしい。

戸惑う廉也を相手に弥生は言葉を続ける。

「廉也殿に紹介したい人がおりましてな」

ますます訳が分からぬ。弥生とは小次郎と同様、気の合う仲間であるが、友人を紹介されるような間柄ではない。ましてや、こんな夜更けに破れ寺に連れて来る理由などなかろう。

弥生の顔を覗《のぞ》いて見ても、何を考えているのか窺《うかが》い知ることはできなかった。紅まで差して、愛想のいい弥生であるが、いつもの無愛想な弥生より遠くの存在に思える。

しかし、どんなに様子が違っていても、弥生が仲間であることには変わりがない。

「寺の中に入られよ」

と、今さらながら、弥生に声をかけた。

「連れがおります」

「小次郎殿ですか？」

廉也は聞いてみた。

小次郎とぽんぽこ以外に、弥生が連れ歩く者がいるとは思えない。

だが、弥生は首を振る。

「廉也殿が会いたいと思われている方でござる」

そして、背後の闇に目をやった。

店の並ぶ町中と違い、破れ寺ばかりが軒を連ねるこのあたりの闇は深い。廉也の眼力をもっても、弥生の背後に何が潜んでいるのか見えはしない。

しかし、廉也の腕に、
ぞくり――

――と、鳥肌が立った。

闇の先から伝わってくる気配は尋常の人のものとは思えぬ。

廉也の知る一流の剣客——宗冬はもとより、相馬小次郎を凌《しの》ぐほどの強い気がひりひりと肌に伝わってくる。しかも、その気配は人殺しのものだった。

訪ねて来たのを弥生ひとりと思い、廉也は刀を帯びていない。

いや、刀どころか大筒《おおづつ》を持っていても、闇の先の人影には勝てる気がしなかった。

あっさりと廉也は自らの命を諦《あきら》めた。幼いころより病で何度も死にかけているためか、生きることへの執着が少なくできている。

廉也は笑みを浮かべ、弥生の背後の闇に話しかけた。

「どこのどなたか知りませんが、茶でも飲んで行きませぬか」

強がりではない。剣客として、自分より強き者と話してみたかった。

「どこのどなたと申すのか……」

と、弥生の背後の闇から低い男の笑い声が聞こえて来た。

まさか——。

廉也は自分の耳を疑う。

その渋い笑い声に聞きおぼえがあった。

忘れようにも忘れられるはずがない——。

ほのかな雪明かりの中、ひとりの大男が浮かび上がった。隻眼らしく右目に黒い眼帯をあてている。廉也に見せるように腰の三池典太《みいけてんた》の大太刀を抜いた。

「もしや……、父上でございますか?」

かすれる声で廉也は聞いた。黒い眼帯に、三池典太の大太刀を持つ大男など滅多にいるわけがない。

「久しぶりであったな、廉也。我が息子よ」

隻眼の大男――柳生十兵衛は言った。

6

そろそろ夜が明ける。

小次郎は長屋でひとり寝転がっていた。昨日の晩から一睡もしていない。お化け稲荷の境内で弥生を見失い、長屋に帰って来てみると、ぽんぽこと白額虎の姿がなかった。

闇に棲《す》む妖《あや》かしらしく、ぽんぽこは夜歩く癖もあり、小次郎は心配していなかったが、騒がしい狸娘のいない長屋は静かすぎる。忘れようと思っていたことばかりが小次郎の脳裏を駆け巡る。

小次郎は徳川家康の血を引いている。

祖父である二郎三郎の正体が徳川信康であろうと、関係のないつもりでいた。しがない浪人として生きて行くはずだった。

相馬時国。

父の名を思い出すたび、二郎三郎の最期が脳裏に浮かぶ。

幼い小次郎は祖父・二郎三郎と父・時国、それに半妖狸《はんようり》のぽんぽこのふたりと一匹と暮らしていた。

昔の話なので、小次郎の記憶もおぼろげだが、事件が起きたのは時国とぽんぽこの姿の見えぬ冬の夜のことだった。このとき、時国はぽんぽこを連れて妖かし退治の仕事に行っていた。

小次郎が二郎三郎とふたりで夜話をしていると、乱暴に戸が開けられた。

見れば、血相を変えた時国が抜き身のソハヤノツルギを右手に立っている。鬼の形相の時国に二郎三郎はいつもと変わらぬ穏やかな口振りで話しかける。

「寒いではないか、時国。早く戸を閉めぬか」

時国は返事をせず、震える声で二郎三郎に聞く。

「本当なのか？」

「何がだ？」

と、聞き返しながらも二郎三郎の顔色は変わっている。時国の言いたいことが分かったらしい。

「父上は本当に徳川信康なのか？」

時国の唇は青ざめている。

二郎三郎は諦めたように言う。

「誰に聞いたのか知らぬが、遠い昔のことだ。今のわしはただの年老いた浪人にすぎぬ」

「ふざけるなッ」

時国は自分の父を怒鳴りつける。

「父上が信康なら、おれは将軍になる資格がある。浪人などではない」

二郎三郎は悲しそうな声で自分の息子に話しかける。

「時国、おまえは何を言っておるのだ？　徳川信康は死んだ身であるぞ」

「死んだのなら、生き返らせればよかろう」

時国の口振りが変わった。

そんな時国を見て二郎三郎は息を呑《の》む。

「妖かし退治に行って狐にでも憑《つ》かれおったなッ。ぽんぽこはどこにいる？」

時国は返事をせず、ソハヤノツルギを振り上げた。

「過去の遺物は死ねッ」

銀色の光が走り、血煙が立った。

呆気《あつけ》なく二郎三郎は倒れ、やがて動かなくなった。

「次はきさまだ」

と、時国は小次郎を見る。

時国は小次郎のことも斬ろうとしているのだ。二郎三郎の血を引いているということは小次郎も家康の子孫であり、将軍継承の権利がある。将軍の座を狙う時国にしてみれば、自分の子である小次郎でさえも邪魔者に見えたのだろう。

相馬蜉蝣《かげろう》流を仕込まれていたものの、小次郎は幼い子供であった。

容赦なく祖父を殺した父のことが恐ろしく、刀を持ちもせず、がたがたと震えていた。

時国の太刀は〝ソハヤノツルギ〟と呼ばれる家康の愛刀で、密《ひそ》かに二郎三郎がもらい受けたものである。家康が臨終の際に、幕府へ異心を抱く西国にその切っ先を向けて置くように遺言したという言い伝えが残っている。

時国は二郎三郎を斬り捨てた上、祖父の血がついたソハヤノツルギの刃を小次郎に向けている。

「小次郎、きさまにも人殺しの血が流れている。父がひと思いに斬ってやろう」

父の言葉をおぼえている。気が遠くなるほど、ソハヤノツルギが怖かった。獣のにおいが時国から漂っている。しかも、床に映る時国の影に九つの尻尾《しっぽ》が生えているように見えた。

あまりの恐ろしさに幻を見たのかもしれぬ。すぐに気を失ってしまったので夢か現《うつつ》か、今でも分からない。

その後に何があったのか――。

気づいたときには、時国の姿も、斬殺されたはずの二郎三郎の死体もなかった。小次郎は布団に寝かしつけられ、枕元には心配顔のぽんぽこが座っていた。

すべては悪い夢だった。

そう思いたかったが、家の中には血のにおいが染みついている。そして、よく見ると、床に白い獣の毛が落ちていた。

ぽんぽこ、何があったのだ――。聞こうとしたが、喉《のど》がひりついて言葉が出て来なかった。

ぽんぽこには小次郎の言いたいことが分かったらしく、小さな口を開いた。

「三日三晩、小次郎様は眠っておりました」

狸娘の目は赤い。眠らずに小次郎の看病をしていたのだろう。枕元にはソハヤノツルギが置かれている。

時国はどこに行ったのか――。

小次郎がなぜ斬られていないのか――。

疑問は多かったが、いくら聞いても、ぽんぽこは答えてくれぬ。ただ、同じ言葉をくり返すだけだった。

「小次郎様、何もかも忘れてしまいましょう」

＊

時は戻って、昨夜のこと。

小次郎と弥生が用心棒の仕事に出かけた後、白額虎はぽんぽこと二匹でこたつに潜り、ぬくぬくとしていた。

すると、どこからともなく風鈴の音が、
ちりん、ちりん――

――と、聞こえて来た。

　ぽんぽこと白額虎の耳が、ぴくりぴくりと動いた。真冬に風鈴の音といえば、夜鳴き蕎《そ》麦《ば》の屋台と相場が決まっている。

――腹が減ったのう。

と、白額虎は言った。屋台の蕎麦というものを食ってみたかった。酒も飲みたい。

――ぽんぽこよ、蕎麦でも食わぬか？

「白額虎様、お金がありませぬ」

十六文の安い二八蕎麦とはいえ、小次郎とぽんぽこにとっては大金であろう。

――金なら、そこにあるではないか。

白額虎は長屋の長持に頭を突っ込み、口入れ屋から前金として受け取った銭の包みをくわえ出す。

「そんなことをしてはいけません、白額虎様」

ぽんぽこが慌てて白額虎に駆け寄る。その銭で米や味噌《みそ》を買わなければならぬし、長屋の店賃《たなちん》だって、しばらく払っていないらしい。

呑気《のんき》に屋台で蕎麦など食っている場合ではないとばかりに、ぽんぽこは白額虎から銭の包みを奪い取ろうと手を伸ばす。

「お返しくださいッ」

ぽんぽこは白額虎を睨《にら》みつける。

しかし、白額虎は銭の包みを渡さず、ぽんと背中に銭の包みを載せると天井の近くまで浮かび上がった。

天井から白額虎は言う。

――つれないことを申すでない、ぽんぽこ。

「なりませぬ」

ぽんぽこはどこからともなく大きな枯れ葉を出すと、ちょこんと頭の上に載せた。そして、忍びのように両手で印を結ぶと、

「ぽんぽこッ」

と、呪文《じゅもん》を唱え白い煙と化した。

もくもくと白い煙が広がる。

狭い長屋が煙だらけとなり、白額虎はごほんごほんと咽《む》せた。

一瞬の間を置き、煙は晴れた。

さっきまでいたはずのぽんぽこの姿がない。

――これ、どこへ行きおった？　出て参れ、ぽんぽこ。一緒に蕎麦を食いに行こうでは

ないか。

白額虎が狸娘の姿をさがし、きょろきょろと見回していると、いきなり漆黒のカラスが飛んで来た。

つつんつつんと尖《とが》った嘴《くちばし》で白額虎を突《つつ》く。

もちろん、このカラスはぽんぽこの化けた姿である。

「お金を返してください、白額虎様」

嘴で化け猫を突きながら、カラスのぽんぽこは言う。生き馬の目を抜く江戸で貧乏暮らしをしているだけあって、夜鳴き蕎麦程度の誘惑には負けない。つつんつつんと白額虎を突き続ける。

しつこく突かれて、さすがの白額虎も閉口した。

――よせ。分かったから、突くでない、ぽんぽこ。

と、降参した様子で床に降りてやった。

それを見て、どろんとぽんぽこは再び白い煙を発し、あれよあれよの間に元の町娘の姿に戻った。

油断のない目で白額虎を見ながら狸娘は言う。

「お金を長持の中に戻してくださいませ」

白額虎はほんの少し考え込むようなしぐさを見せた後、独り言のように呟《つぶや》いてみた。
――ぽんぽこ、おぬしは知らぬのか？
「何をでございますか？」
騙《だま》されませぬ――。ぽんぽこは疑いいっぱいの声で白額虎に聞き返す。
――玉子焼き。
白額虎はぽつりと言った。
とたんに、ぽんぽこの目の色が変わる。
「玉子焼きがどうかしたのでございますか？」
今にも摑《つか》みかからんばかりである。
――早く銭を長持に戻さなければならぬのぅ。
白額虎は言った。もちろん、銭の包みは持ったままで、長持に返すつもりなどない。
ちらりちらりとぽんぽこの様子を横目で窺《うかが》いながら、ぼそりと言葉を続けた。
――江戸でいちばん旨《うま》い玉子焼きと聞くが、まあ、縁がなかったかのぅ。
「何でございますと？」
尻尾《しっぽ》が出そうなほど白額虎の話に夢中になっている。
――いや、わしの独り言じゃ。

白額虎は思わせぶりに続ける。

――しかし、あの玉子焼きは旨かったのう。

「玉子焼きはどこにあるのでございますか？」

――あの音が聞こえぬのか？

と、わざとらしく白額虎は耳をぴくぴくと動かし聞き耳を立てて見せる。

釣られるように、ぽんぽこも耳をすました。

静かな冬の夜のことで、風鈴蕎麦のちりんちりんの他は何も聞こえない。

「風鈴の音しか聞こえませぬ」

怪訝《けげん》顔になったぽんぽこに白額虎は言う。

――ほれ、あの風鈴蕎麦だ。あの屋台の玉子焼きは甘くて旨いと聞くのう。

「ええっ？　お蕎麦の屋台に玉子焼きでございますか？」

ぽんぽこは目を丸くする。風鈴蕎麦で旨い玉子焼きが食えるなどという話を聞いたおぼえがないのだ。

恋は盲目というけれど、狸娘は玉子焼きに恋している。江戸でいちばん旨い玉子焼きと聞いては平常心でいられまい。

誰がどう考えても、二八の十六文の安い風鈴蕎麦に江戸でいちばんの玉子焼きがあろうはずがない。

それなのに、ぽんぽことときたら、

「屋台の玉子焼きとは見落としておりました。ぽんぽこ、一生の不覚でございます」

と、白額虎の言葉を信じ切った上に、訳の分からぬことまで言い出した。すっかり目つきが変わっている。

——さて、銭を長持に戻すとするか。

と、白額虎は銭の包みを狸娘にちょこんと差し出す。

銭の包みを受け取ると、きりりとした顔つきでぽんぽこは言った。

「白額虎様、早く参りましょう」

そして、白額虎の前肢《まえあし》を摑むと、たたたと長屋の外へ飛び出したのであった。

7

江戸の雪は薄く、積もったと言ってもたいしたことがない。雪の上を歩くとすぐに茶色い土が見えて来る。

ほのかな雪明かりの下、風鈴蕎麦《そば》の通った跡をぽんぽこと白額虎の小さな足跡が追いかけている。

降ったりやんだりと、ちらつく粉雪の中、とてとてと妖かし二匹は屋台に追いついた。

客の姿はなかった。

寒さを嫌ってか、蕎麦屋の主人は手ぬぐいをぐるりと被《かぶ》り、まるで顔が見えない。それでも、ぽんぽこと白額虎に気づき、

「いらっしゃいまし。何を作りましょうか？」

と、手ぬぐいの奥からくぐもった声をかけて来た。

こんな雪の夜更けに年若い町娘と白猫が歩いているのは珍しいだろうに、屋台のおやじは驚いた様子もなく注文を聞く。

「玉子焼きをください」

——わしは熱い酒が飲みたいのぅ。

二匹揃って、蕎麦屋に来たというのに蕎麦を注文しようとしない。さらに、白額虎は堂々と人語をしゃべっている。

暗闇で見えぬのだろう。蕎麦屋のおやじは妖かし二匹に返事をする。

「へい。玉子焼きに熱燗《あつかん》」

本当に玉子焼きを置いてあるらしい。

――嘘から出た真実《まこと》というやつかのう。

白額虎がぽんぽこに聞こえぬほどの小声で呟いた。

ぽんぽこは白額虎など眼中にない。

「屋台で玉子焼きとは乙《おつ》でございますねえ」

尻尾を出さんばかりに喜んでいる。

先に出て来たのは、熱い酒の入ったちろりだった。言うまでもなく、ぽんぽこの前に置かれている。

「熱いうちに、おやりなせえ」

おやじはそう言うと、玉子焼きの支度をはじめた。まともにこちらを見ていない。

見た目は猫であるが、白額虎は本物の猫ではない。ぽんぽこの前からちろりを引き寄せ、お猪口《ちょこ》に酒を注ぐと、飲兵衛《のんべえ》の町人のようなしぐさで、ぐいと飲んだ。

――いい酒だのう。

満足そうに目を細めては、器用に手酌で酒を注ぎ、ぐいぐいとお猪口を干していく。大酒飲みらしく、がばがばと飲んでいる。

――おやじ、もう一つ酒をくれぬか。

と、勝手に追加注文までしている始末である。

この調子で飲まれては、小次郎が口入れ屋からもらって来た前金など簡単に消えてしまう。

しかし、ぽんぽこは止めるどころか、白額虎を見てもいない。恋に焦がれる町娘のように玉子焼きを待っている。

白額虎が二つ目のちろりを空にしたとき、ようやく玉子焼きができ上がった。

「うちの玉子焼きは旨いよ」

と、屋台のおやじは手ぬぐいの下から軽口を叩《たた》く。

「江戸でいちばんの玉子焼きでございますよね」

ぽんぽこはいまだに白額虎の言葉を信じている。が、いきさつを知らぬおやじにはお世辞に聞こえたらしい。

「食ってみねえな」

おやじは上機嫌で、次々と玉子焼きを並べる。他に客がいないこともあって材料が余っているのか、やたらと多い。

「いたらひます」

すでに、ぽんぽこは玉子焼きを口中に頬張っている。

ごくりと玉子焼きを飲み込むと、むむむと眉間《みけん》に皺《しわ》を寄せた。

難しい顔になり、蕎麦屋のおやじに言う。

「さすが江戸でいちばんの玉子焼きでございます」

どうやら満足であるらしい。

玉子焼きに目がないぽんぽこであるが、貧乏暮らしで、それほどの玉子焼きを食ったことがないのだ。

偉そうに「江戸でいちばんの玉子焼き」と太鼓判を捺《お》しているが、実のところ味の優劣など分からぬのだろう。言うまでもなく、食い物など本人が満足していればよいものである。その点、ぽんぽこも白額虎も大満足であった。

人であれば、懐の心配をしながら食ったり飲んだりするところだが、ぽんぽこも白額虎も魔物だけあって、とうの昔に銭のことなど忘れている。

――もう半分、酒をもらおうかのう。

「ぽんぽこも、もっと玉子焼きを食べとうございます」

と、二匹は欲望の赴くまま、酒と玉子焼きを腹に収めている。相変わらず、蕎麦は注文しない。

やがて腹がいっぱいになったのか、ふわあああとぽんぽこが欠伸《あくび》をはじめた。

白額虎がぽんぽこの顔を覗《のぞ》き込む。

——もう終わりかのう？　これくらいの玉子焼きで酔うとは情けないのう。

いくら狸娘でも、玉子焼きで酔うわけはない。

しかし、白額虎の言うように、ぽんぽこの目は酒に酔っているように、とろんとしている。

——長屋に帰るか、ぽんぽこ。

「あい……」

返事をしたくせに、ぽんぽこは立ち上がることさえできない。

——情けないのう。

と、言いつつ、酔っているのは白額虎も同じらしく、ちろりとお猪口を持って、よたよたと歩いている。

——この程度の酒で酔うとはわしも情けないのう。

それでも、ちろりとお猪口を白額虎は放そうとしない。

「何だか、おかしゅうございます」

と、気づいたときには遅かった。すでに二匹とも呂律《ろれつ》が回っていない。

白額虎がよたよたしながら、屋台のおやじを睨《にら》みつける。

——薬を混ぜおったな。おぬし、ただの蕎麦屋のおやじではあるまい。

「お客さん、気づくのが遅《おせ》えですよ」

蕎麦屋のおやじは、顔を隠すようにかぶっていた手ぬぐいを外して見せた。

見知った若い男の顔が露《あら》わになる。

「えッ？」

ぽんぽこが驚きの声を上げた。

そこにいたのは長屋の隣人にして、元柳生の忍び・佐助である。すっかり小次郎の仲間になったはずの佐助が、ぽんぽこと白額虎に薬を盛ったのであった。

「佐助様……？」

ぽんぽこが困ったような顔をする。

佐助は悲しそうな声で言った。

「ぽんぽこ殿、今まで騙《だま》しておりました。申し訳ございません」

ぽんぽこの気が、すうと遠くなった。

8

佐助は、戦国時代に〝猿飛《さるとび》佐助〟と呼ばれていた真田《さなだ》の忍びの末裔《まつえい》である。祖父・猿飛佐助は真田幸村《ゆきむら》に仕えていた。

家康をあと一歩のところまで追いつめた茶臼山《ちゃうすやま》の戦いで、〝ちょんまげ、ちょうだい〟こと相馬二郎三郎に討たれた。

主君を討たれた祖父・猿飛佐助は、相馬二郎三郎の命を狙うことになる。

老齢のため祖父が死ぬと猿飛佐助の名を継いだ父が、相馬二郎三郎殺しの仕事も継いだ。

しかし、時代はすでに変わっていた。

豊臣家が滅び、徳川の天下となると、徳川家配下の一握りを除き、戦国の忍びは無用の存在となった。

同じく無用の長物となった影武者・相馬二郎三郎も姿を消している。二度と歴史の表舞台に現れぬこともあり得る。

一流の忍びは諦《あきら》めることを知らぬというが、その点、猿飛の一族は文句なしに一流の忍びであった。どこに消えたか分からない相馬を追い続けた。

あるとき、佐助の父は一つの噂を聞きつけた。

相馬二郎三郎の正体が徳川信康であるというのだ。

佐助の父はその噂を信じ、柳生の里に入り込んだ。戦国の世が終わったとはいえ、天下を治める以上、汚れ仕事はなくならない。その汚れ仕事を一手に引き受けているのが、柳生一族だった。

これが伊賀や甲賀であれば、佐助の父とて紛れ込もうと考えなかったであろう。隠密《おんみつ》仕事を任務とする性質上、忍びは外部の者を里に入れない。

だが、相手は柳生である。

忍び仕事を引き受けているとはいえ、柳生は剣士の一族であり、外から入って来る者に甘かった。しかも、剣士は門弟が増えることを喜ぶようにできている。

殊に佐助の父は合戦で遅れを取らぬように、真田幸村から剣術も仕込まれており、柳生の連中は「剣術の武者修行をしている」という父の言葉を簡単に信じた。

それでも佐助の父は念には念を入れ、柳生の里人として死ぬまで正体を隠し通した。徳川に入り込むのを息子の役割としたのだ。親子に亘《わた》る任務など忍びには珍しいことではない。

父が死ぬと、当然のように佐助は相馬を殺す使命を引き継いだ。

将軍家剣術指南役の家柄だけあって、修行は厳しく、佐助の剣術の腕前はめきめきと上達した。

もともと〝猿飛〟の二つ名を持つ忍びの末裔《まつえい》である佐助の身は軽い。そこに剣術の腕前が加わると、一流の暗殺者となる。

人も殺した。

佐助は柳生の里で頭角を現した。徳川にとって邪魔となりそうな大名や武将を佐助は何人も殺した。

しばらくすると、佐助の名は江戸柳生の当主・宗冬の耳にまで届いた。佐助は江戸に呼ばれ、将軍家のお膝元《ひざもと》で、相馬をさがしながら汚れ仕事をすることとなる。

相馬についての噂話は簡単に集まった。

豊臣家が滅びると二郎三郎は野《や》に下ったが、その息子の時国は浪人となることを納得しなかったという。魔物に憑《つ》かれ、時国は人が変わってしまったという噂も耳にしたが、その足取りが摑《つか》めぬのだから真偽の確かめようもなかった。

さらに時が流れ、四代将軍のころになると、江戸の町は平和となり、忍びの出番もますます減りつつあった。二郎三郎も時国も風化したかのように人の噂にさえ上らなくなった。

このまま時代の闇に消えてしまうかと思われたとき、偽の〝ちょんまげ、ちょうだい〟が現れた。

「ちょんまげ、ちょうだい致し候う」

と、決め台詞《ぜりふ》も鮮やかに、牛若丸義経《うしわかまるよしつね》のような美しい男が、柳生の髷《まげ》を刈りはじめたのだ。

しかも、曲者《くせもの》は柳生の大太刀を盗み出し、宗冬の髷まで刈って見せた。

柳生の面子《メンツ》をかけた捜索の結果、神田の外れに住むひとりの浪人の名が浮かび上がった。

相馬小次郎。

妹という触れ込みで、美しい小娘とふたりで貧乏長屋暮らしをしていた。

「まさか」

その情報を耳にしたとき、佐助は信じなかった。

野に下ったとはいえ、相手は信康の子孫なのだ。貧乏長屋で腹を減らしているわけがない。

「別人であろう」

自分に言い聞かせるようにして、いっそう詳しい情報を集めた。すると、やはり、正真正銘の〝ちょんまげ、ちょうだい〟であった。

さらに、道を歩く小次郎とぽんぽこを間近で見て、ぞわりと鳥肌が立った。

「これは本物だ……」

と、確信した。

長屋に忍び込み首を取ろうとしたが手も足も出なかった。やはり、佐助ごときの勝てる相手ではない。それでも、しつこく隣人となりまとわりついていると、あろうことか小次郎は佐助を信じてしまい無防備な姿を曝《さら》け出した。

殺そうと思えば簡単に殺せたが、いつの間にか、殺意は消えていた。それどころか、気づいたときには、小次郎の仲間のようになっていた。

祖父の主君の仇討《あだう》ちなど忘れ、このまま町人として暮らすのもよい――。そう思いかけたとき、佐助の目の前に、その男が現れた。


ある雪の降りしきる夜、白い息を吐きながらいつものように天秤棒《てんびんぼう》を担いで歩いていると、赤い着物に身を包んだ赤毛の男が佐助を呼び止めたのだ。

「ちと尋ねたいことがある」

最初は道を聞かれるだけかと思った。

「へえ、何でしょう?」

と、愛想よく聞き返す佐助の目に、男の赤い眼球が飛び込んで来た。

「おぬしが猿飛佐助の孫か」

咄嗟《とっさ》に佐助は横に跳んだ。

柳生の里でも、江戸でも、佐助の動きについて来られる者など、ひとりもいなかった。

しかし、赤い男の動きは佐助の何倍も素早い。

横に跳び、距離を置いたつもりが、赤い男はぴたりとついて来る。しかも、

「逃げなくともよかろう」

と、苦笑しながら佐助に話しかける余裕まである。

信じられぬことだが、佐助ごときの及ぶ相手ではないようだ。

見れば、赤い男は腰に立派な刀を差している。それなのに、あの素早さで動けるのだ。

佐助とは役者が違う。

世の中ってやつは広いな――。

佐助はあっさりと諦めた。赤い男の目的は分からぬが、佐助はこれまで何人も殺している。自分の殺される順番がやって来たとしても何の不思議はない。

佐助は赤い男に話しかけた。

「冥土《めいど》の土産にあんたの名を聞いてもいいか？」

殺されるにしても、せめて相手が誰なのかくらいは知っておきたかった。

赤い男の苦笑が大きくなる。

「早とちりなのは、じいさんそっくりだな」

さっきから、この男の言っていることは訳が分からぬ。目の前の赤い男は、佐助とおっつかっつの二十歳《はたち》そこそこにしか見えない。それなのに、佐助の祖父を知っているかの口振りである。

しかも、男からはいっこうに殺気が感じられぬ。

佐助は赤い男に聞く。

「拙者を殺しに来たのではないのか?」

腰に差している太刀を指さしてやった。よく見ると、何のつもりか太刀の鞘《さや》や柄《つか》まで赤く細工してある。

「この刀で佐助を斬るのか?」

苦笑ではなく、正真正銘の笑みが赤い男の顔に浮かんでいる。佐助の言葉を面白がっているようだ。

どうにも調子が狂う。

この赤い男ときたら、佐助を凌《しの》ぐほどの体術を見せたかと思えば、隙だらけの恰好《かっこう》で子供のように笑っているのだ。

赤い男は不意に真面目な顔になり、佐助に言う。その雰囲気は、どことなく相馬小次郎に似ている。

「この刀は村正《むらまさ》だ」

「え?」

手練《てだ》れの忍びとは思えぬ声が、佐助の口から飛び出した。

村正といえば、大湾《だいのたれ》の刃文と、表裏の刃が揃うという特色を持つ名刀であるが、家康の祖父が殺されたときに使われた刀も、信康の介錯《かいしゃく》として使われたことになっている刀も村正であった。そのため、徳川家に災いをなす刀とも言われている。

徳川とは何かと相性が悪い。この時代の江戸の町で、わざわざ村正を持つ武士はまずいない。

「この時代にはいなかろう」

意味ありげな赤い男の言葉を耳にして、佐助の脳裏にひとりの男の名が浮かんだ。

赤一色の衣装に村正を持つ手練れの男など、佐助の知るかぎりひとりしかいない。その男なら猿飛佐助を知っていても不思議ではない。

「まさか……。あなたは……」

佐助の言葉遣いが改まる。

佐助の前に現れたのは、〝不思議なる弓取り〟真田幸村その人であった。

幸村は佐助に言う。

「ともに天下を取ろうぞ、佐助」

9

三日後、虎千代は小次郎を富士の麓《ふもと》の雪原に呼び出した。〝ちょんまげ、ちょうだい〟相馬二郎三郎の血を引く小次郎を殺すつもりだった。

ゆえあって手を組むことになった真田幸村が、四神《しじん》のうちの青龍と白虎を捕らえているという。小次郎は仲間を失い、ひとりきりでやって来るはずだ。

虎千代の両脇には弥生と廉也の姿があり、背後には丸橋忠弥と柳生十兵衛も控えている。幸村の姿はなかったが、相手が相馬であろうと負けるはずはない。

もちろん、信康の血を引く小次郎が徳川を頼ることもあり得る。現に小次郎は柳生宗冬と昵懇《じっこん》の仲と聞く。長宗我部元親と戦ったとき、裏柳生が加勢している。

「柳生相手とは面白い」

隻眼の剣士――柳生十兵衛が笑っている。確かに、柳生十兵衛であれば、今の柳生など簡単に皆殺しにできるだろう。

「徳川を討ち滅ぼしてやろうぞ」

丸橋忠弥も宝蔵院流の十文字槍《やり》をしごいている。地獄の闇で退屈していたのだろう。やたらと張り切っている。

廉也と弥生は久しぶりに父と会ったためか、さっきから一言も口を利こうとしない。小次郎がやって来るであろう道の一点を青白い顔で見つめている。

硬い顔つきのふたりに声をかけようと、虎千代が口を開きかけたとき、小次郎の姿が見えた。

小次郎は味方も連れず、いかにも浪人風といった黒の着流し姿であった。右手に徳川の守り刀と呼ばれるソハヤノツルギを握っている。

雪に足跡を残しながら、小次郎は歩いている。そして、声の届くところまで来ると、立ち止まり虎千代に言葉を投げかけた。

「廉也殿と弥生殿を返してもらおうか」

たったひとりであるくせに、何も恐れていないような淡々とした口振りである。

この男は天下の上杉謙信だけでなく、柳生十兵衛と丸橋忠弥を敵に回して勝つつもりでいるらしい――。

「愚かな。死にたいのか」

十兵衛と忠弥が顔をしかめる。

「きさまらごときに殺されるわけがなかろう」

小次郎は言う。

「何だと？　きさま、我らを愚弄《ぐろう》するつもりか」

地獄の亡者は気が短い。

十文字槍を片手に忠弥が、三池典太の大太刀を片手に十兵衛が小次郎に襲いかかった。

忠弥と十兵衛の息はぴたりと合い、休むことなく槍と刀が小次郎を攻め立てる。

小次郎はソハヤノツルギを鞘から抜こうともせず、ひらりひらりと槍と大太刀を躱《かわ》している。

十文字槍も大太刀も小次郎の身体どころか、着流しにさえ触れられぬ。

「愚かな……。なぜ刀を抜かん。いつまでも躱し切れるものではなかろう」

虎千代には小次郎の考えていることが分からない。

しかし、忠弥の十文字槍も十兵衛の大太刀も小次郎を捉《とら》えることができない。それどころか、みるみるうちに、忠弥と十兵衛の息が上がりはじめた。一方の小次郎にはまだまだ余裕がある。

小次郎が廉也と弥生を見て口を開く。

「これからそれがしがそなたらの父上を斬る。よく見ておれ」

すらりとソハヤノツルギを鞘から抜いた。

十兵衛と忠弥の顔に狼狽《ろうばい》が走る。明らかに小次郎に怯《おび》えている。

その様子を見て、虎千代は廉也と弥生を急《せ》き立てる。

「何をしておるッ。早く加勢せぬかッ」

虎千代の怒声を受けて、廉也と弥生は目を交わす。

「弥生殿」

「うむ」

ふたりの目に光が宿った。

かちり、かちりと刀を抜くと、二筋の疾風のように駆けた。

信じられぬほどの粉雪が舞い上がり、虎千代の視界を遮った。目の前が白一色となり、廉也と弥生の姿が見えなくなった。

真っ白な雪の中で、ぎらり、ぎらりと銀色の刃《やいば》が走り、
ばさり、ばさり――

――と、肉を斬る音が響いた。

廉也と弥生の疾走が止まり、舞い上がった雪がぱらぱらと地面に落ちていく……。

ようやく開けはじめた視界の中、地べたに倒れた影が見えた。小次郎が倒れているはずだ。

だが、地べたの影は二つある。

「まさか……」

そのまさかであった。

虎千代の目に、ばっさりと斬られた十兵衛と忠弥の亡骸《なきがら》が飛び込んで来た。廉也と弥生がそれぞれの父を斬ったというのだ。

「なぜだ？　なぜ、気づいた？」

自分の声が震えているのが分かる。

雪原に転がる十兵衛と忠弥の顔が溶け、皮の下から鬼の顔が浮かび上がっている。

廉也が言う。

「もう少しで騙《だま》されるところでした」

「だから、なぜ、術と分かったのだ？」

虎千代は摑《つか》みかからんばかりに、廉也に聞き返した。

術といっても大したものではない。この世に蘇《よみがえ》るとき一緒に連れて来た地獄の鬼に、十兵衛と忠弥を象《かたど》った人面を被《かぶ》せただけであるが、人の目ごときに見抜けるはずはなかった。

ましてや、廉也と弥生はいまだに死んだ父を忘れられずにいるのだ。

廉也と弥生の目には、生前そのままの十兵衛と忠弥であったであろうに、このふたりは父を斬り捨てた。

「本当は父を憎んでいたのか？」

それならば不思議はない。

しかし、廉也は首を振る。

「わたしも弥生殿も父上のことを尊敬しております」

「…………」

虎千代には柳生の御曹司《おんぞうし》の言葉の意味が分からない。

廉也はちらりと小次郎を見て微笑する。

「いかに相馬小次郎殿でも、天下の柳生十兵衛と丸橋忠弥を相手に、刀を抜かず無傷でいられるはずはございませぬ」

つまり、虎千代の仕立て上げた偽の十兵衛と忠弥は弱すぎると言いたいらしい。

その言葉に、弥生も無言でうなずいている。

虎千代はおのれの術が破られたことを知った。

「地獄へ送り返してやろう」

と、小次郎がソハヤノツルギを翳《かざ》した。

「せめて、きさまらの愛する父親の手で殺してやろうと思ったのに……。ふん。愚か者どもめ」

虎千代は言う。

そして、虚空に向かい、
オン・ベイシラ・マンダヤ・ソワカ
オン・シチロクリ・ソワカ
と、真言《しんごん》を唱え、鬼形《きぎょう》の眷属《けんぞく》どもを呼び出す。こうなった以上、一気に始末をつけるつもりだった。

冬の空が鬼形の眷属どもの赤黒い色に染まる。

虎千代は赤黒い空に向かって命じる。

「こやつらを叩《たた》き殺し、江戸中の人の子供を喰《く》らい尽くせ」

江戸の町を地獄絵としてやる――。虎千代の怒りに鬼形の眷属どもが喜びの唸《うな》り声を上げる。

鬼形の眷属どもが廉也と弥生に襲いかかる。

父に化けた魔物を斬ったためか、ふたりの刀は刃が毀《こぼ》れて使いものにならなくなってい
る。

「これを」

小次郎が青刀を廉也に、白刀を弥生に目がけ放り投げた。

ぱしりぱしりとふたりの若者は神剣を受け取り、その刃を鞘《さや》から抜く。

すると、廉也の刀から流水が迸《ほとばし》り、弥生の刀から氷が飛び散った。この連中は人のくせ
に、本気で鬼形の眷属どもと戦うつもりでいるらしい。

虎千代は真言を唱え続け、次々と地獄の眷属どもを召喚する。

「生身の人ごときが愚かな……」

「愚かで結構でござる」

小次郎は即答した。

生意気な人間どもに腹を立てた鬼形の眷属どもが、一斉に襲いかかろうとしたとき、ど
こからともなく地響きを立てるような男の足音が聞こえた。

「困った御曹司ですな」

絵草子の弁慶のような恰好《かっこう》をした大男が歩いて来る。その右手には玄武の持っていた黒刀が握られている。

「善達」

廉也が大男の名を呼ぶ。

「鬼相手の立ち回りとは面白うござる。及ばずながら拙者も加勢致しましょう」

善達がにやりと笑った。

力任せに黒刀を振り回しながら、善達は鬼形の眷属どもに斬りかかる。

剛力・善達に、岩のように硬く重い黒刀は馴染《なじ》むらしく、魔物どもをばたばたと叩き斬って行く。いくら斬っても、黒刀は刃こぼれ一つしていない。

「このままでは善達ひとりに手柄を持って行かれてしまいますね」

廉也は青刀をだらりとぶら下げると、つつつと能でも舞うように足を進めた。軽やかな足取りであるが、その構えは隙だらけである。

黒刀を軽々と振り回す大男の善達に手を焼いた鬼形の眷属どもが、無防備で小柄な廉也を見縊《みくび》り、一斉に襲いかかる。

刹那《せつな》、廉也の身体が、ぐにゃりと撓《しな》り、右手から風に吹かれた柳の枝のように刀が伸びた。

その柳の枝に触れるそばから、眷属どもの首が胴体から斬り飛ばされていく。

「柳生新陰流極意、柳陰」

廉也が青刀を振るたびに眷属どもの死骸《しがい》が積み重なる。

一方、弥生は苦戦している。

素早い動きを身上とする弥生であったが、ぬかるんだ地面は足場が悪い。足を封じられ、手を焼いていた。

「弥生殿、この刀を」

と、小次郎の手から三本目の刀が飛ぶ。

くるりくるりと弧を描き、刀は弥生の左手に収まった。その刀こそ、朱雀——お鶴の持っていた赤刀である。

弥生は赤刀を軽く振った。

すると、刃から紅蓮《ぐれん》の炎が迸り地面を舐《な》めた。

一瞬のうちに、じゅっと白く積もった雪が蒸発した。ぬかるんでいた地べたが乾いていく。

あっという間に足場ができた。

紅蓮の炎が作り上げた花道を、弥生の身体が嵐に巻き込まれた蝶《ちょう》のように回転しながら、目にも留まらぬ速さで眷属どもに斬りかかる。

「宝蔵院流二本刀、雪胡蝶《ゆきこちょう》」

弥生の声が響き、白刀と赤刀が氷と炎を撒《ま》き散らす。

蝶嵐と化した弥生が駆け抜けるたび、ばたりばたりと鬼形の眷属どもが地べたに倒れていく。

「どこまでも邪魔をしおって」

虎千代は愛刀・姫鶴一文字《ひめつるいちもんじ》を抜き、廉也や弥生に斬りかかろうと、白馬を走らせようとした。

しかし、虎千代の白馬は凍りついたように、その場から動こうとしない。

白馬の前に、樋中《ひちゅう》に〝ソハヤノツルギ〟、裏に〝ウツスナリ〟の銘文が刻まれている刀を持った男が立ち塞《ふさ》がっていた。

相馬小次郎である。

小次郎は虎千代に言う。

「きさまの相手は、それがしがつかまつる」

「馬鹿な男だな、おぬしは」

虎千代は呆《あき》れる。

五色の神剣を手にした廉也、弥生それに善達とやらは冥界《めいかい》の鬼神のように眷属どもを葬り続けている。

今はその剣技で圧倒しているが、しょせんは多勢に無勢。わずか三人の生身の人間が数百、数千匹の地獄の亡者ども相手に戦い抜けるはずはない。

命が惜しいなら、今のうちに逃げるべきであるのに、この小次郎という男は刀一本をぶら下げ、地獄から舞い戻った虎千代と打ち合おうというのだ。何のために一つしかない命を賭《か》けるのか虎千代には分からない。

虎千代は小次郎に聞く。

「将軍にでもなるつもりか？」

江戸の世に蘇《よみがえ》って来て知ったことだが、戦国の世にその名を轟《とどろ》かせた徳川は腐り果てている。

茶器や高価な刀を自慢する秀吉相手に「三河武士こそ我が宝」と言い放った家康の言葉も今は昔のこととなり果て、何代にも亘《わた》り忠義を尽くして来た股肱《ここう》の家臣でさえも平然と捨てるようになっていると聞く。

戦国の荒武者を相手に一歩も引かぬほどの腕を持ち、しかも、徳川信康の血を引く相馬小次郎であれば従う者も多く、幕府を脅《おびや》かすであろう。

事によっては、再び戦国の世に戻ることもあり得る。言ってしまえば、小次郎という男の心一つなのである。

だが、小次郎は虎千代の言葉を軽く笑い飛ばす。

「将軍など下らぬ。そんなもののために命を張れるか」

「下らぬと？」

それでは何のために命を賭けているというのだ――。

「地獄で考えよ、虎千代」

小次郎が斬りかかって来た。騎馬の虎千代を相手に徒歩《かち》のまま正面から戦うつもりであるらしい。

「笑止な」

徒歩が騎馬に勝てるはずはない。

それでも小次郎は問答無用と跳躍し、天からソハヤノツルギを振り下ろす。

小次郎の動きはさほど速くない。虎千代は余裕を持って、ソハヤノツルギを受けたつもりだった。しかし――。

予想を上回る手応《てごた》えに、虎千代の額に汗が光った。

ずしりと腹に響くほどの重い一撃であった。

びりびりと虎千代の腕は痺《しび》れ、今すぐにでも逃げ出したい思いに駆られた。甲斐の虎・武田信玄の顔が思い浮かぶ。

――女、無理をするでない。

と、信玄の声が脳裏を駆け巡った。

「無理などしておらぬッ」

幻と知りながら、虎千代は信玄に怒鳴り返した。

小次郎を馬蹄《ばてい》に掛けてやろうと手綱を引くが、相変わらず白馬が言うことを聞かぬ。数多《あまた》の戦国の荒武者を蹴散《けち》らして来た白馬が、たったひとりの浪人に怯《おび》えている。

虎千代は舌打ちすると、白馬を捨て、粉雪の舞い散る江戸の地に立った。

間髪いれず、小次郎に刃《やいば》を向けた。

「覚悟するがいい」

合戦で鍛え上げた虎千代の剣術は、〝斬る〟よりも〝刺し殺す〟ことを主眼としている。人の身体というものは存外に弱いもので、ほんの少しでも傷を負わせれば、その動きは鈍る。

虎千代は下段から容赦なく、小次郎の全身に向けて突きをくり出した。並の相手の目には、虎千代のくり出す太刀が何十本にも見えているはずである。

しかし、一向に手応えがないのだ。

針鼠のように突き出される姫鶴一文字は、はらはらと舞い降りる雪の花びらを斬るばかりで、小次郎の身体に掠《かす》りもしない。

紙一重ほど届かないのだ。

「きさまの腕では無理だ。それがしは斬れぬ」

小次郎は言う。

「ふざけた口を叩《たた》けるのも今のうちだ」

虎千代は針鼠のように刀を操る。平和な世の人の子など簡単に殺せるはずなのに、相変わらず虎千代の刃は小次郎に届かない。

四半刻《しはんとき》がすぎたころ、虎千代の額に汗が浮かんだ。信じられぬ話だが、小次郎の言うように腕前が違いすぎるらしい。

息が上がりはじめた虎千代とは裏腹に、小次郎の呼吸は毛一本ほども乱れていない。そのくせ、ソハヤノツルギをだらりとぶら下げたまま、斬りかかって来る様子もなかった。

「なぜ斬らぬッ」

息を切らしながら、虎千代は吠《ほ》えた。

愛刀・姫鶴一文字を突き出す余裕もない。

真言《しんごん》の力も尽きたのか、廉也と弥生、善達に斬り伏せられたのか、鬼形《きぎょう》の眷属《けんぞく》どもが姿を消している。

もはや勝負の行方は見えている。

「虎千代とやら――」

それまで黙っていた小次郎が口を開いた。

――無理をするでない。

小次郎がそんな言葉を口にするように思えたとき、突然、虎千代の背中に鋭い痛みが走った。

後ろ手に背中をさぐってみると、一本の矢が突き刺さり、寸分違《たが》わず急所を貫いていた。

気が遠くなり、身体が冷えて行く……。

「女などを頼ったのが間違いであったか」

陰り行く闇の中、聞こえて来たのは、虎千代を現世に呼び戻した黄金の髪を持つ男――黄泉の声だった。

さらに、漆黒の地獄の扉が見えたとき、最期に黄泉に呼びかける小次郎の声が虎千代の耳に残った。

「父上――」

第四の亡霊　不思議なる弓取り

1

富士の雪原のはるか向こうに父——相馬時国の姿が見える。

時国の近くには、虎千代を射殺した忍び装束の男が弓を取り、今度は小次郎を射殺そうと狙いを定めている。

時国の声が聞こえる。

「邪魔をしてくれたようだな、小次郎」

久しぶりに聞く時国の声は少しも変わっていないどころか、むしろ若返っている。小次郎の父であるはずなのに、小次郎と同じ二十歳そこそこに見える。

「そこにいるのは柳生十兵衛と丸橋忠弥の子供だな」

時国は邪悪な笑みを浮かべる。

あるときは風魔小太郎の名を盗み取り柳生十兵衛を斬り捨て、またあるときは由比正雪として幕府を倒そうとした男が、小次郎の父——相馬時国である。

「おまえらの父は弱かったぞ。簡単に殺せたわ」

時国はせせら笑う。

小次郎が口を開くより先に、廉也と弥生が動いた。

「父の敵《かたき》、覚悟されよ」

異口同音に言うと、目にも留まらぬ速さで時国に斬りかかろうと走って行く。

雪の中を駆け抜けるふたりの若武者は、まるで絵草子から抜け出して来た牛若丸義経のようだった。

「ちょこまかと鼠のようだな」

鼻で笑うと、時国は黄金の刀をすらりと抜いた。天に翳《かざ》すと、鉛色の雪雲が消え去り、禍々《まがまが》しいばかりに黒く不吉な雲が湧き上がる。

「邪魔だ」

と、時国が黄金の刀を軽く振った。

すると、黒い雲が妖《あや》しく光り、

びりりッ——

——と、雷が廉也と弥生に目がけて落ちた。

粉雪と土ぼこりが舞い上がり、小次郎の視界を遮った。

「廉也殿、弥生殿、大丈夫かッ?」

小次郎は呼びかけるが、その声は富士の雪原に谺《こだま》するばかりである。いくら廉也と弥生でも雷に打たれては、ひとたまりもあるまい。

ひりひりと耳が痛むような静寂の中、土煙が晴れて行く……。

地べたが落雷でえぐり取られ、地獄の底まで続きそうな穴が空いている。

その穴の脇に人影が見えた。——廉也と弥生がぺたりと座り込んでいる。雷の餌食《えじき》にはなっていないようだ。

それにしても厄介な相手だ。

時国の持つ黄金の刀は雷を操るようだ。雷にせよ死者を蘇《よみがえ》らせる術にせよ、どこで身につけたのか分からぬが、もはや人の技とは思えない。

安堵《あんど》の息を吐く小次郎の右頬を、何かが掠めた。つつと血が流れる。右頬に触れてみると、ざっくりと斬れている。

虎千代を射殺した忍び装束の男が弓を引き、小次郎に狙いを定めている。

「次は外さぬ」

男は言った。

小次郎とて〝ちょんまげ、ちょうだい〟を名乗る男である。刀や槍が相手であれば、滅多に遅れを取らぬ自信がある。

しかし、雷と弓矢が相手では分が悪い。

「雷に打たれて死ぬのもよかろう」

再び、時国の声が聞こえた。

時国が黄金の刀を天に向けて翳し、漆黒の雷雲を呼び寄せる。

びりりびりりと雷雲がざわめく中、黄金の刀が振り下ろされようとした、その寸前、時国の動きがぴたりと止まった。

舌打ちをしながら一点を見つめている。

その視線を追うと、いつの間にか、六文銭の旗がはためいている。

忍び装束の男が怒声を上げる。

「邪魔立てするつもりか、幸村ッ」

六文銭の旗の下から、赤い髪に赤い合戦装束の男が現れた。腰に村正を差し、右手には朱色に塗った細身の十文字槍を持っている。

「じいさんに似てうるさい男だな、服部半蔵」

赤い男――真田幸村はにやりと笑う。

今にも幸村に斬りかからんとする忍び装束の男――服部半蔵に時国は、

「よせ」

と、命じた。

やはりそういうことか――。小次郎の中で何もかもが繋《つな》がった。二郎三郎を斬り殺した後、時国がどこに隠れていたのかも分かったのだ。

服部半蔵正吉。

家康の天下取りに功労のあった服部半蔵正成《まさなり》の孫に当たる。大久保《おおくぼ》長安《ながやす》事件をきっかけに、服部一族は幕府より遠ざけられ、表舞台から姿を消している。徳川に忠誠を誓いながらも、今の幕府の重臣たちを憎んでいるらしいと噂に聞く。

その服部半蔵と時国が結びついてもおかしなことではない。

徳川信康、すなわち相馬二郎三郎が切腹をしたときに介錯《かいしゃく》したことになっている男が服部半蔵正成であり、二郎三郎が家康の影武者となることに一枚も二枚も噛《か》んでいる。半蔵にとって、時国はただの浪人ではなく、いまだに主君なのであろう。

「下がっておれ、半蔵」

時国は命じる。

服部半蔵は不服そうな顔を見せながらも、家康の血を引く時国の命令を聞き、素直に引きさがった。

時国は幸村に聞く。

「何の真似だ？」

「服部半蔵の喚《わめ》いた通りだ。おぬしらの邪魔をしに来た」

幸村はにやりと笑う。

「何だと？」

時国の顔が朱に染まった。

「地獄から蘇らせてやった恩を忘れたか？」

「知ったことか」

幸村は伝法《でんぼう》な口振りで言い放った。

時国の目が怪しく光った。おのれが将軍となるために父の二郎三郎でさえ斬り捨てたほどの男である。戦国の亡霊に逆らわれて黙っていられるはずがない。

「半蔵、幸村を射殺せ」

時国は命じた。

徳川の天敵と言われた真田幸村を殺せることがうれしいのか、半蔵の顔に残忍な笑みが浮かんだ。

「一発で仕留めてやる」

大弓を持ち出すと、仁王立ちの赤い合戦姿の幸村に目がけ、その矢を放った。

しゅるしゅると、うねりを上げて半蔵の矢は幸村に目がけて飛んで行く。

気づいていないはずはないのに、幸村はその場から動こうとしない。悠然と笑みを浮かべ立っている。

しかし、半蔵の放った矢は幸村に届くことはなかった。

乾いた音が、
ぱんッ
――――と、響き、矢が粉々に砕け散った。

ぱらぱらと矢の破片が純白の雪原に落ちた。

火縄銃を構えた男の姿が見えた。

赤い陣羽織に八咫烏《やたがらす》の紋が黒く抜かれ、念の入ったことに、構えている鉄砲にも八咫烏紋の細工が見える。

「江戸の時代に弓矢とは古くせえな」

と、八咫烏の男が言った。

八咫烏を定紋《じょうもん》とする鉄砲撃ちの名人など、小次郎の知るかぎり古今東西ひとりしかいない。

雑賀《さいか》孫一《まごいち》。

石山《いしやま》合戦で織田信長を撃った男だ。孫一の鉄砲により信長は大怪我を負ったというが、その事実は歴史から抹殺され、今では風聞として残っているだけである。

遠く離れた豆粒ほどの的に易々と鉄砲の弾を命中させるという、さながら平家物語の那《な》須与一《すのよいち》のような伝説を持っている。

その孫一が幸村に従っているのだ。

半蔵は舌打ちすると、それでもすぐに二の矢、三の矢と今度は孫一目がけて立て続けに弓を引く。

いくら孫一が飛ぶ矢を撃ち落とすほどの鉄砲名人であろうと、しょせんは連射の利かぬ火縄銃にすぎない。殊に一発を撃った後では、火縄銃は使いものにならず、弓矢に手も足も出ないはずであった。

しかし、孫一は余裕の笑みを浮かべている。

「やっぱり古くせえ」

孫一は使っていた火縄銃を放り投げると、背後に控える従者から新しい火縄銃を受け取り撃つ。そして、撃ち終わったそばから、火縄銃を新しいものと換えていく。織田信長が長篠《ながしの》の合戦で見せたといわれている戦法である。これならば、いくらでも連射することができる。

ぱん、ぱん、ぱん……と、半蔵の射た矢は孫一に触れることなく、鉄砲の弾に跳ね飛ばされた。富士の雪原に矢の破片が砕け散った。

「おまけだ」

と、孫一はついでのように鉄砲の引き金を引いた。

ぱんッと乾いた音を残し八咫烏の弾が半蔵の左肩に命中した。その衝撃で、半蔵の身体が後ろに吹き飛ぶ。

「どこまでも邪魔をしおって」

時国が雷刀で漆黒の雷雲を呼び集めた。怒りのためか、集まりつつある雷雲は先刻より禍々《まがまが》しく、ずっしりと重く見える。雷刀を振り下ろす前から、びりりびりりと闇色の雲が怪しい光を放っている。

誰がどう考えても絶体絶命の危機であろうに、幸村はのんびりと笑っている。

幸村は笑みを浮かべたまま孫一に聞く。

「孫一、あの雷雲を撃ち落とせるか？」

「あんた、本物の馬鹿か」

と、孫一が呆《あき》れた声を出す。

「無理なのか？」

幸村は真顔である。

「当たり前だろうが。鉄砲で雷雲を撃ち落とせたら世話ねえや」

「では逃げるか」

幸村はあっさり決める。

が、相手は人ではなく雷である。空を見れば、すでに雷雲が派手に放電しはじめ、今さら逃げても手遅れのように思える。

「六文銭も八咫烏も雷に打たれて死ぬがいい」

と、時国の声が雪原に響き渡ったとき、にわかに霧が湧き上がった。

煙のように濃い霧は渦を巻いて幸村たちを隠した。

その姿が見えなくなろうが、時国は頓着《とんちゃく》しない。面妖《めんよう》な霧ごと幸村たちを吹き飛ばすつもりなのか、天に翳《かざ》した雷刀を振り下ろした。

びりりッ――

――と、大雷が落ちた。


大地震のように地面が揺れ、まるで富士の山が噴火したように思えた。幸村たちから離れているはずの小次郎でさえも立っていられぬほどの揺れだった。

一寸先も見えなくなるほどの土煙がもうもうと立った。

時国を斬るどころか、近寄ることすらできそうにない。この土煙が晴れたときが幸村のみならず小次郎たちの最期なのかもしれぬ。

しかし、この土煙と揺れでは逃げることもできなかった。小次郎の口からため息が零れ落ちた。

視界を奪われ揺れに足を取られ、なすすべもなく立ち尽くしていると、唐突に、つつんと袖《そで》を引かれた。

「小次郎様、小次郎様」

懐かしい小娘の声が聞こえた。

いつやって来たのか気づかなかったが、小次郎のすぐ近くに狸娘の姿があった。しかも、一匹ではない。ぽんぽこは大八車ほどに膨れ上がった白額虎の背に乗っている。

「ぽんぽこ、おぬし――」

と、言いかけた小次郎の口をぽんぽこの手が押さえる。

「静かにしないと見つかってしまいます」

ぽんぽこは小声で呟《つぶや》くが、小次郎には何が起こっているのか分からない。

おぬし、どこに行っておったのだ――。

そう言ったつもりであったが、加減を知らぬ狸娘に力いっぱい口を塞《ふさ》がれているので、

「おひゅひ、はらふられ……」と自分でも何を言っているのか分からぬ台詞《せりふ》となった。

それでも、長い付き合いだけあって、ぽんぽこには小次郎の言いたいことが通じるらしく、

「お話は後に致しましょう。今は逃げなければなりませぬ」

と、案外にまともな返事が戻って来た。

――早く乗らぬか。

白額虎も急《せ》かす。

白い背中に先客があった。廉也と弥生である。大きな図体《ずうたい》の善達もいる。三人とも小次郎と同様に何が起こっているのか分からぬらしく、目を丸くしている。

色々と聞きたいことはあったが、ここはぽんぽこの言う通り、さっさと逃げるにかぎる。

小次郎は白額虎の背に飛び乗った。

それを見て、ぽんぽこは安心したようにうなずくと、懐から大きな枯れ葉を出し自分の頭に載せ、絵草子の忍者のように両手で印を結ぶと、

「ぽんぽこッ」

と、呪文《じゅもん》一声、どろんと燕《つばめ》に化けた。

天まで伸びる白く濃い霧に隠れながら、燕のぽんぽこを先頭に白額虎は空に向かって上昇した。

2

訳の分からぬまま連れて行かれた先は、廉也の破れ寺であった。破れ寺の前で、小次郎はぽんぽこを睨みつけた。

姿が見えぬと思ったら、いきなり危機一髪のところへやって来るなど、いささか都合がよすぎる。絵草子の夢物語ではあるまいし偶然とは思えぬ。

今回の一件、この妖《あや》かし二匹は何かを知っているに違いない。

「これはどうしたわけだ？」

小次郎はぽんぽこと白額虎を問い詰める。

二匹の妖かしが口を開くより早く、気のいい廉也が取りなすように言った。

「ぽんぽこ殿にも事情がございましょう。立ち話も何ですから、とりあえず寺の中へ参りましょう」

廉也自らが進んで寺の戸に手をかけた。

しかし、その手がぴたりと止まる。見れば廉也の表情が厳しくなっている。

「いかがなされた？」

弥生が怪訝《けげん》な顔を見せる。

「誰かが寺の中にいる」

廉也が言った。

耳を澄ますまでもなく、寺の中から物音が聞こえて来る。

耳聡い廉也と小次郎に続いて、その物音に気づいたらしく、弥生と善達の表情が緊張で硬くなる。

「盗《ぬす》っ人《と》の類《たぐい》かね」

小次郎は言ってみたが、そんなことはあり得ない。こんな破れ寺に盗みに入る物好きなどいまい。

「流れ者でしょうか」

廉也が呟く。家のない者が破れ寺に入り込むことなど珍しくはない。かく言う廉也と善達にしても、和尚《おしよう》のいない寺に勝手に住みついているだけで、実のところ、この寺の持ち主ではない。廉也と善達が留守にしている間に、どこぞの流れ者が塒《ねぐら》にすることもあり得た。

しかし、時国や戦国の亡霊どもと刃《やいば》を交えた後のことで、たまたま誰かが廉也の寺に忍び込んだとは思えぬ。しかも、

「歌声が聞こえるな」

ずいぶん陽気に騒いでいる。盗っ人や宿なしというよりは宴会のようだ。

「とにかく中へ入ってみましょう」

と、廉也が言った。

廉也の住む破れ寺は、家康が江戸に幕府を開く前からあるような古い建物である。今に

も崩れ落ちそうではあるが、寺の中は広く、渡り廊下も長く続いている。息を殺しながら小次郎たちは暗く長い廊下を進んだ。

廉也が寝泊まりしている部屋に近づくに連れ、歌声が大きくなる。

とにかく入ってみようと部屋に足を踏み入れたとたん、平家物語の白拍子《しらびょうし》の祇王《ぎおう》が歌った今様《いまよう》が聞こえた。

仏も昔は人なりき　我等も終《つい》には仏なり
三身仏性《ぶっしょう》具せる身と　知らざりけるこそあわれなれ

巫女《みこ》衣装の美しい女が、長い髪を艶《あで》やかに靡《なび》かせながら抜き身の村正を片手にひらひらと踊っている。

名のある遊女のようにも見えるが、今にも崩れそうな破れ寺で、しかも抜き身の村正を振り回しながら踊る遊女などいるわけがない。

「小次郎殿、どう致しましょう……？」

廉也が困った顔を見せる。

「うむ……」

と、うなずいたものの、小次郎にしても、どう対処すべきか分からぬ。

小次郎にせよ廉也にせよ食うに困る貧乏暮らしで、小唄《こうた》にも踊りにも、とんと縁がなかった。

「善達……」

と、廉也が頼るが、僧形の大男も無言である。

小次郎や廉也よりも野暮で物堅くできている善達だけに、美しい女人を相手にするのは苦手なのだろう。

忍び込まれたはずなのに、むしろ小次郎たちの方が小さくなっていた。場違いに思えるのだ。

さらに、部屋の中にいたのは、この踊り女《め》だけではない。部屋の端で女の踊りを肴《さかな》に、大騒ぎしながら酒を飲み交わしている男たちが目についた。

しかも、この連中には見おぼえがあった。

小次郎は聞く。

「なぜ、ここに真田幸村と雑賀孫一がいるのだ？」

赤い男と八咫烏《やたがらす》の男が我がもの顔で座っているのだ。これまた対処に困る。

地獄から時国が呼び出した戦国武将であるなら、長宗我部元親や虎千代のように敵のはずだが、幸村も孫一もすっかりくつろいでいる。小次郎たちを殺しに来たという雰囲気ではない。

ようやく小次郎たちに気づいたらしく、幸村が声をかけて来た。

「よく参ったな。外は寒かったであろう。酒を飲め」

こちらが客人のようである。

「あんたが相馬小次郎かい？　若《わけ》えときの家康そっくりだな」

親しげに孫一が小次郎の肩を叩《たた》く。

すでにかなりの酒を飲んでいるらしく、孫一はすっかりでき上がっている。

「おう、早く飲まねえと、みんな飲んじまうぜ。たいした酒じゃねえけど、何もないよりはましってやつさ」

孫一は陽気に笑っている。

「それはわしの酒だ……」

善達がぽつりと呟《つぶや》いた。

3

「上手《うま》いこと逃げ果《おお》せたようですね」

舞い踊りながら女が小次郎たちに話しかけて来た。この女もかなり飲んでいるらしく酒くさい。

「そなたは誰だ?」

善達が聞く。自分の酒を飲まれているせいか、いつもより不機嫌な口振りに聞こえる。

——命の恩人にひどい言いようだのう。

白額虎が口を挟む。いつの間にやら、ちゃっかり善達の酒を飲んでいるらしく、ひどく酒くさい。

「命の恩人?」

——そうだ。この阿国《おくに》が霧を起こしたから、おぬしらは逃げることができたのであろうが。

なぜか、白額虎が威張っている。

「阿国?」

小次郎は聞き返す。その名には聞き覚えがあった。歌舞伎の祖とされている女人の名で、歩き巫女《みこ》、すなわち女忍者であったという噂も根強い。

すると、踊り女は神に仕える巫女のように大げさなしぐさで片膝《かたひざ》をつくと、名乗りを上げた。

「出雲《いずもの》阿国。またの名を、霧隠才蔵《きりがくれさいぞう》と申します」

小次郎は瞠目《どうもく》する。

出雲阿国も霧隠才蔵もその名を歴史に残す人物であったが、このふたりが同一人物とは思いもよらなかった。

ふたりとも謎の多い人物だけに、この踊り女の言葉をどこまで信じていいものか分からぬが、時国と対峙《たいじ》しているときに霧を起こしたのは事実であろう。いずれにせよ、ただ者ではない。

さらに、宴会の端に見知った顔がいた。

佐助である。

ばつの悪い顔をして、こそこそと隠れるようにして小次郎たちのことを見ている。その様子から、幸村たちの一味のように見える。

今まで柳生の忍び上がりだと思っていた佐助に別の顔があるらしい。今回の一件は訳の分からぬことが多い。

小次郎は佐助に聞いた。

「いったい、どういうことなのだ？」

「実は――」

と佐助は説明するが、どうにも要領を得ない。

真田幸村が佐助の祖父の主君であることは分かったし、幸村が徳川を目の敵《かたき》にしていることも知っている。

相馬二郎三郎、つまり徳川信康の孫にあたる小次郎を幸村が恨むのも迷惑な話ではあるが、理解できぬことではない。何をしでかすか分からぬ妖かしのぽんぽこと白額虎をさらったのもよいとしよう。

「なぜ、佐助や幸村がここにいるのだ？」

それが分からぬ。

「命を奪いに来たのか？」

それならば辻褄《つじつま》も合うが、幸村たちが奪ったのは善達の酒くらいである。すっかり、肝心の幸村は酔っ払っていて、斬りかかって来る様子はどこにもない。

返答に窮している佐助に代わって、幸村が口を開いた。

「最初は相馬時国と相馬小次郎を殺そうと思ったが、それはやめることにした」

「なぜ、やめる？」

小次郎の問いかけに、幸村は白い歯を見せ無邪気に笑った。そして、逆に小次郎に聞く。

「なぜ、おれが戦っていると思う？」

「天下が欲しいのだろう」

戦国武将の欲しがるものなど、他に思いつかぬ。

幸村は首を振る。

「そんなものはいらん」

本気で言っているらしい。確かに、天下取りが目的なら一介の浪人にすぎぬ小次郎を相手にする必要はない。

すると、なぜ、幸村が戦っているのか小次郎には見当もつかない。少なくとも、佐助に命じてぽんぽこと白額虎をさらったときまでは小次郎と戦うつもりでいたはずである。

幸村は酒を飲み干すと独り言のように言った。

「この世でいちばん強い男を倒したいのだ」

「小次郎殿や小次郎殿のお父上ではないのですか？」

廉也が口を挟む。父・十兵衛を小次郎の父に殺されている廉也としては、時国がいちばん強くあって欲しいのだろう。

事実、今の時国は手に負えぬほど強くなっている。

廉也の母・蓮は「兄は人が変わってしまったのです」と嘆き、風魔の里を捨てているが、その言葉の意味は真実そのものであった。

時国は風魔小太郎を殺し、入れ替わり、風魔忍びの棟梁《とうりょう》となったのだろう。

武士ではないが、戦国屈指の忍び集団である風魔一族の戦闘力は並の武将など足元にも及ばない。その上、今の時国は雷を自由自在に起こす〝雷刀〟こと黄金の刀を持っている。

その強さは化け物じみていた。

小次郎にとっても、この世でいちばん強い男は父の時国である。

しかし、幸村は再び首を振る。

「少し前までは、おれもそう思っていた。だが——」

言葉を切ると、その赤い目で小次郎をまっすぐに見つめて言う。

「とんでもないやつが地獄から帰って来やがった」

見れば、幸村の身体は細かく震えている。

誰のことか見当もつかないが、とんでもないやつとやらは天下の幸村を震えさせるほどの者であるらしい。

いったい誰が現世に帰って来たのだろう――。

黙り込んでしまった幸村に代わって、ぽんぽこが口を開いた。

「お狐様が江戸に来たのでございます」

4

唐《もろこし》に〝帰煞《きさつ》〟という妖怪《ようかい》がいる。死んだはずの者が現世に帰って来るというのだ。

陰陽道《おんみょうどう》に人形《ひとかた》と呼ばれる呪術《じゅじゅつ》があり、そこで用いられる草人形《くさひとかた》によって、死者が帰煞となることを防いでいた。

呪いというのは表裏一体、逆に、死者を帰煞とすることもできる。

「おれたちも帰煞ってやつだ」

幸村は言う。長宗我部元親や武田信玄、それに虎千代こと上杉謙信も呪術によって現世に呼び戻された妖《あや》かしであるらしい。

幸村の話からすると、呼び戻したのは相馬時国であるらしい。

「とんでもない男だな」

弥生が呆《あき》れたように言う。おとぎ噺《ばなし》だって、ここまで突飛なものは少なかろう。

しかし、疑問もある。

「時国は陰陽道の呪術をどこで身につけたというのだ」

小次郎は呟《つぶや》いた。

相馬蜉蝣流を使いこなすことによって、陽炎《かげろう》のように幻を見せることはできるが、それはあくまで剣術の技の一つにすぎない。本物の死者を現世に呼び戻すとなると話は違って来る。

陰陽道などというものに詳しいわけではないが、陰陽師の血筋でもない時国が草人形などというとんでもないものを操れるとは信じられぬ。そんなに甘いものではなかろう――。

腑《ふ》に落ちない小次郎に幸村はうなずいて見せた。

「その通りだ。あやつひとりの力ではない」

時国の背後に、まだ誰かがいるらしい。それが、幸村の言う「とんでもないやつ」とやらなのだろうか。

ぽんぽこの言う「お狐様」とやらも気になる。

幸村は短く言う。

「陰陽師が相手だ」

「陰陽師？　それはいったい――」

と、小次郎が聞きかけたとき、出雲阿国の踊りがぴたりと止まった。

阿国は言う。

「客人が来たようです」

「おれに任せろ」

雑賀孫一が火縄銃を手に取った。歴戦の兵《つわもの》だけあって、鉄砲を手にしたとたん酔いがさめるようにできているらしい。

すぐに足音が聞こえて来た。

「たったひとりか……」

孫一は火縄銃を入り口に向ける。

戸が引かれた瞬間、孫一の指が引き金に落ちた。

しかし、それより早く動いた男がいた。

廉也である。

疾風のように駆けると、やって来た男を蹴《け》り飛ばした。廉也に蹴られて、男の身体が紙屑のように吹き飛んだ。

同時に、火縄銃の乾いた音が響き、男の立っていたところを通り抜けた。

「小僧、なぜ邪魔をする？」

孫一が不機嫌な口振りで廉也を問い詰める。

廉也が口を開くより先に、幸村が取りなすように孫一に言う。

「相手を確かめてから撃つものだ」

「ん？」

孫一は撃とうとした相手に目を向ける。

廉也のおかげで撃たれずに済んだが、吹き飛ぶほど強く蹴られたせいで、その男は糸の切れた操り人形のように寺の床に転がっている。

――どこかで見たような姿をしておるのう。

「確かに見たような気が致します」

ぽんぽこが眉間《みけん》にしわを寄せる。

――ふむ。

と、白額虎は呟き、とことこと歩み寄り男の顔を覗《のぞ》き込んだ。そして、つまらなそうに呟く。

――なんだ、宗冬ではないか。何を転がっておる？

宗冬は全身傷だらけになっている。獣に噛《か》まれた傷のように見える。長宗我部元親にやられた傷ではない。

——動かぬのう。生きておるのか？

白額虎が右の前肢で、ぴたぴたと宗冬の額を叩《たた》く。

宗冬は呻《うめ》き声を上げながら目を開いた。

「どうかしたのですか、叔父上《おじうえ》」

廉也が聞くと、宗冬は怯えた声で喚《わめ》き散らした。

「白狐《びゃっこ》だッ。白狐が江戸城に来おったッ」

終　女狐

話はほんの少し遡《さかのぼ》る。

宗冬は長宗我部元親と戦った後、傷を負って三日ほど寝込んでいた。普通の武士であれば半月は動けぬであろうが、そこは柳生家当主だけあって鍛え上げられている。

もちろん、まだ傷は痛むが、長宗我部との一件を将軍の耳に入れなければならぬ。宗冬は数日ぶりに、江戸城に足を踏み入れた。

太田《おおた》道灌《どうかん》が築城してから一度も江戸城は破壊されたことがない。

殊に家康が手を加えて以来、忍びであろうと魔物であろうと徳川に害をなすものは足を踏み入れることのできぬ名城である。

家康の腹心であった天海《てんかい》が江戸城に結界を張ったと言われている。

そんな江戸城の中で、宗冬は異変を感じた。

――獣のにおいがする。

ぞわりと鳥肌が立った。

感じ取ったのは獣のにおいだけではない。獣のにおいに混じって、人の血のにおいが漂っている。

宗冬は鯉口《こいぐち》を切ると、周囲の様子を窺《うかが》った。

城の中は静まり返っている。

元より騒がしいところではないが、この日のひとけのなさは異常である。

宗冬は四方に注意を払いながら城の渡り廊下を歩いた。歩き進めば進むほど血のにおいが濃くなり、噎《む》せ返りそうになる。そのくせ、人の姿は見えない。

すぐにでも江戸城から走って逃げ去りたいほどの恐怖に駆られながらも、奥に向かって足を進めた。

すると、唐突に、灯《あか》りが消え、渡り廊下が薄闇に包まれた。闇の中から魔物が飛び出して来そうな錯覚に襲われ、耐え切れずに宗冬は大声を上げた。

「誰かおらぬかッ」

その声が城中に響き渡ったとき、宗冬の左肩に鋭い痛みが走った。

己の身に何が起きたのか分からぬまま、宗冬は横へ跳んだ。右手で肩に触れてみると肉が抉《えぐ》り取られ、獣の歯形のような傷痕《きずあと》ができている。

薄闇の中から白狐が浮かび上がった。そして、

――死にたくなければ、立ち去るがよい。

と、女の声で宗冬に命じる。

見れば、女の口元には宗冬のものらしき血がこびりついている。

「化け物めッ、成敗してくれるッ」

宗冬は腰の刀をすらりと抜き、白狐に斬りかかった。

――愚かな男。

と、白狐は呟《つぶや》くだけで、逃げる素振りも見せぬ。

相手は化生《けしょう》の白狐、何のためらいもなく宗冬は刀を振り下ろした。

斬り裂いたと思ったが、白狐は煙と化し、みるみるうちに平安貴族姿の女人となった。

身にまとっている黒い着物には五芒星《ごぼうせい》の紋が白く抜かれている。

見おぼえのない女人であったが、身分の低いようには見えぬ。宗冬は刀を鞘《さや》に収め、ほんの少しだけ言葉を正した。

「そなたは誰でござるか？」

宗冬の問いに女人は答える。

「葛葉姫《くずのはひめ》」

そして、女人は懐紙を取り出し、びりりといくつにも破いた。紙片と化した懐紙を右の掌《てのひら》に載せ、
ふぅ――――

――と、息を吹きかけた。

小さく呪《しゅ》を唱える。

ひらひらと舞い上がり、葛葉姫の息吹《いぶき》を吸い込むと、とたんに紙片は膨れ上がり何匹もの小さな白狐となった。

指折り数えれば、八匹もの白狐が牙《きば》を剥《む》いている。

「あの男を江戸城《ここ》から追い出すのだ」

と、葛葉姫が命じると、白狐どもは宗冬に殺到した。

「む」

面妖《めんよう》な出来事に軽く眉《まゆ》を顰《ひそ》めたが、襲いかかって来るのは、握り拳《こぶし》ほどの小さな白狐どもである。何匹いようと、恐れるに足る相手ではない。

宗冬の腰から銀色の光が八つばかり走った。

音もなく白狐どもが真っ二つに斬り裂かれた。居合いである。

「柳生新陰流、稲妻斬り」

と、宗冬は呟き、葛葉姫を見る。

自分の使役した白狐どもが斬られたというのに、葛葉姫は笑みを浮かべている。

目の前の女人に宗冬は言う。

「早々に城より立ち去られよ。命までは取らぬ」

宗冬の言葉に、葛葉姫の笑みが大きくなった。

「その言葉、そのままお返しする」

葛葉姫の言葉に被《かぶ》せるようにして、こんッと狐の鳴き声が聞こえた。

見れば、真っ二つに斬り捨てたはずの白狐どもが、いつの間にか蘇生《そせい》して宗冬をぐるりと取り囲んでいる。

しかも、八匹だったはずの白狐が十六匹に増えている。

「無駄なことを」

宗冬は、再び、居合いを走らせ、白狐どもを真っ二つに斬り裂いた。白狐は紙片となり、瞬く間に、床に三十二の紙片が落ちる。

――やはり宗冬の敵ではない。

それでも葛葉姫は笑っている。

「無駄なことをなさっているのは、そなたの方」

葛葉姫は床に散らばる紙片を指さした。

すると、宗冬に斬られた三十二の紙片がむくむくと動き出し、みるみるうちに三十二匹の白狐と化した。

葛葉姫は三十二匹の白狐に言葉を投げかける。

「もう少しだけ柳生殿と遊んでおあげなさい」

三十二匹の白狐が宗冬に殺到する。

狼狽《ろうばい》のあまり、居合いを使う余裕もなかった。

声を上げる暇《いとま》もなく、宗冬は全身を白狐どもに噛《か》まれた。血を失い、暗闇に落ちるように気が遠くなっていく。

――勝てる相手ではない。

今さらながら宗冬の身体に怯《おび》えが走る。

柳生十兵衛や相馬小次郎など、これまでも自分より強い相手と戦ったことはあったが、目の前の女人ほど恐ろしくはなかった。

とうに捨てたはずの命が惜しくなり、宗冬は葛葉姫に背を向け駆け出した。一刻も早く、この女人の前から逃げたかった。

葛葉姫の力をもってすれば、宗冬を殺すことなど容易《たやす》かろう。

しかし、葛葉姫は宗冬を追わず、使役していた白狐どもも元の三十二の紙片に戻してしまった。

宗冬の背中に、葛葉姫の言葉が聞こえた。

「この城は我が御子《みこ》――安倍晴明《あべのせいめい》がもらい受けました」

『ちょんまげ、くろにくる』に続く

次巻『ちょんまげ、くろにくる』
小次郎様……お別れでございます。
乞うご期待!!

本作は書き下ろしです。

ちょんまげ、ばさら

ぽんぽこ もののけ江戸語《えどがた》り

高橋由太《たかはしゆた》

角川文庫 17231

平成二十四年一月二十五日　初版発行
平成二十四年六月二十日　三版発行

発行者―井上伸一郎
発行所―株式会社角川書店
東京都千代田区富士見二―十三―三
電話・編集（〇三）三二三八―八五五五
〒一〇二―八〇七八
発売元―株式会社角川グループパブリッシング
東京都千代田区富士見二―十三―三
電話・営業（〇三）三二三八―八五二一
〒一〇二―八一七七
http://www.kadokawa.co.jp

印刷所―旭印刷　製本所―BBC
装幀者―杉浦康平

た 62-2　ISBN978-4-04-100097-7　C0193

角川文庫発刊に際して

角川源義

第二次世界大戦の敗北は、軍事力の敗北であった以上に、私たちの若い文化力の敗退であった。私たちの文化が戦争に対して如何に無力であり、単なるあだ花に過ぎなかったかを、私たちは身を以て体験し痛感した。西洋近代文化の摂取にとって、明治以後八十年の歳月は決して短かすぎたとは言えない。にもかかわらず、近代文化の伝統を確立し、自由な批判と柔軟な良識に富む文化層として自らを形成することに私たちは失敗して来た。そしてこれは、各層への文化の普及滲透を任務とする出版人の責任でもあった。

一九四五年以来、私たちは再び振出しに戻り、第一歩から踏み出すことを余儀なくされた。これは大きな不幸ではあるが、反面、これまでの混沌・未熟・歪曲の中にあった我が国の文化に秩序と確たる基礎を齎らすためには絶好の機会でもある。角川書店は、このような祖国の文化的危機にあたり、微力をも顧みず再建の礎石たるべき抱負と決意とをもって出発したが、ここに創立以来の念願を果すべく角川文庫を発刊する。これまで刊行されたあらゆる全集叢書文庫類の長所と短所とを検討し、古今東西の不朽の典籍を、良心的編集のもとに、廉価に、そして書架にふさわしい美本として、多くのひとびとに提供しようとする。しかし私たちは徒らに百科全書的な知識のジレッタントを作ることを目的とせず、あくまで祖国の文化に秩序と再建への道を示し、この文庫を角川書店の栄ある事業として、今後永久に継続発展せしめ、学芸と教養との殿堂として大成せんことを期したい。多くの読書子の愛情ある忠言と支持とによって、この希望と抱負とを完遂せしめられんことを願う。

一九四九年五月三日

〝ちょんまげ〟シリーズ第1弾!!
ちょんまげ、ちょうだい
ぽんぽこ　もののけ江戸語り
高橋由太
美貌の剣士と
妖《あや》かし娘、
行く先々に
事件あり!
絶賛発売中
角川文庫
イラスト／Tobi

角川文庫ベストセラー

葬神記 考古探偵一法師全の慧眼
化野燐

怜悧な頭脳とカミソリのような態度。一法師全は文化財専門のトラブル・シューターで〝考古探偵〟の異名を持つ。発掘現場で死体が発見されて…。

鬼神曲 考古探偵一法師全の不在
化野燐

〝鬼の墓〟と呼ばれる古墳に現れた黒ずくめの眼帯の男。古屋と呉の周りで不吉な事件の連鎖が起こる時、頼りの一法師はここにいない…。

タイニー・タイニー・ハッピー
飛鳥井千砂

東京郊外の大型ショッピングセンター、通称「タニハピ」で交錯する人間模様。葛藤する8人の男女を瑞々しくリアルに描いた連作恋愛ストーリー。

きみが見つける物語 十代のための新名作 スクール編
角川文庫編集部＝編

読者と選んだ好評アンソロジー。スクール編にはあさのあつこ、恩田陸、加納朋子、北村薫、豊島ミホ、はやみねかおる、村上春樹の短編を収録。

きみが見つける物語 十代のための新名作 放課後編
角川文庫編集部＝編

読者と選んだ好評アンソロジーシリーズ。放課後編には、浅田次郎、石田衣良、橋本紡、星新一、宮部みゆきの短編小説を収録。

きみが見つける物語 十代のための新名作 友情編
角川文庫編集部＝編

読者と選んだ好評アンソロジーシリーズ。友情編には、坂木司、佐藤多佳子、重松清、朱川湊人、よしもとばななの短編小説を収録。

きみが見つける物語 十代のための新名作 休日編
角川文庫編集部＝編

読者と選んだ好評アンソロジーシリーズ。休日編には、角田光代、恒川光太郎、万城目学、森絵都、米澤穂信の短編小説を収録。

角川文庫ベストセラー

きみが見つける物語
十代のための新名作　恋愛編
角川文庫編集部＝編

読者と選んだ好評アンソロジーシリーズ。恋愛編には、有川浩、乙一、梨屋アリエ、東野圭吾、山田悠介の短編小説を収録。

きみが見つける物語
十代のための新名作　こわ～い話編
角川文庫編集部＝編

読者と選んだ好評アンソロジーシリーズ。こわ～い話編には、赤川次郎、江戸川乱歩、乙一、雀野日名子、高橋克彦、山田悠介の短編小説を収録。

きみが見つける物語
十代のための新名作　不思議な話編
角川文庫編集部＝編

読者と選んだ好評アンソロジーシリーズ。不思議な話編には、いしいしんじ、大崎梢、宗田理、筒井康隆、三崎亜記の短編小説を収録。

きみが見つける物語
十代のための新名作　切ない話編
角川文庫編集部＝編

読者と選んだ好評アンソロジーシリーズ。切ない話編には、小川洋子、荻原浩、加納朋子、川島誠、志賀直哉、山本幸久の傑作短編を収録。

きみが見つける物語
十代のための新名作　オトナの話編
角川文庫編集部＝編

読者と選んだ好評アンソロジーシリーズ。オトナの話編には、大崎善生、奥田英朗、原田宗典、森絵都、山本文緒の傑作短編を収録。

ドミノ
恩田　陸

一億の契約書を待つ生保会社のオフィス。下剤を盛られた子役……。東京駅で見知らぬ者同士がすれ違うその一瞬、運命のドミノが倒れていく！

ユージニア
恩田　陸

あの夏、青澤家で催された米寿を祝う席で、十七人が毒殺された。街の記憶に埋もれた大量殺人事件が、年月を経てさまざまな視点から再構成される。

角川文庫ベストセラー

怪盗探偵山猫　神永　学

怪盗界に新たなヒーロー誕生！　鮮やかに大金を盗み、ついでに悪事を暴いて颯爽と消え去る、怪盗山猫の活躍を描くサスペンスミステリー。

コンダクター　神永　学

これは単なる偶然か!?　音楽を奏でる若者たちの日常と友情が、次第に崩れ始め、悲劇が始まる！　先が読めない驚愕の劇場型サスペンス開演!!

NO CALL NO LIFE　壁井ユカコ

時を超えた留守電の真相が明かされる時、衝撃の過去が浮かび上がる。擦り切れそうに痛々しくてたまらなく愛おしい、涙のラブストーリー！

赤×ピンク　桜庭一樹

廃校になった小学校で、夜毎繰り広げられるガールファイト——都会の異空間に迷い込んだ少女たちの冒険と恋を描く、熱くキュートな青春小説。

推定少女　桜庭一樹

とある事情から逃亡者となったカナは、自称記憶喪失の美少女白雪と出会う。直木賞作家のブレイク前夜に書かれた、清冽でファニーな冒険譚。

砂糖菓子の弾丸は撃ちぬけない
A Lollypop or A Bullet　桜庭一樹

好きって絶望だよね、と彼女は言った——嘘つきで残酷で、でも憎めない友人・藻屑を探して、なぎさは山を上がってゆく。そこで見たものは…？

少女七竈と七人の可愛そうな大人　桜庭一樹

純情と憤怒の美少女、川村七竈。何かと絡んでくる、かわいくて、かわいそうな大人たち。雪の街旭川を舞台に、七竈のせつない冒険がはじまる。

角川文庫ベストセラー